Das Buch

Siegfried Lenz
chen und sym
te von Hamb
ist das langbeinige Mädchen, der
Polizist, der sorgsam gekleidete Juniorpartner eines Speditionsunternehmens, der Senator. Da ist die schlichte Frau im Wettermantel, der einsilbige Hafenarbeiter, das ältere Ehepaar auf dem Weg ins Theater. Da sind auch die Nachbarn des Schriftstellers Siegfried Lenz in der stillen Vorstadtstraße, die er feinfühlig und mit leiser Ironie porträtiert. Heinz Appenzeller hat das Buch im ›Berner Tagblatt‹ als einen »in seiner Grundstimmung bezaubernd poetischen Welt- und Menschenspiegel« gerühmt.

Der Autor

Siegfried Lenz, am 17. März 1926 in Lyck (Ostpreußen) geboren, begann nach dem Krieg in Hamburg das Studium der Literaturgeschichte, Anglistik und Philosophie. Danach wurde er Redakteur und lebt seit 1951 als freier Schriftsteller in Hamburg.

Siegfried Lenz:
Leute von Hamburg
Meine Straße

Deutscher
Taschenbuch
Verlag

Von Siegfried Lenz
sind im Deutschen Taschenbuch Verlag erschienen:
Der Mann im Strom (102; auch als dtv großdruck 2500)
Brot und Spiele (233)
Jäger des Spotts (276)
Stadtgespräch (303)
Das Feuerschiff (336)
Es waren Habichte in der Luft (542)
Der Spielverderber (600)
Haussuchung (664)
Beziehungen (800)
Deutschstunde (944; auch als dtv großdruck 25057)
Einstein überquert die Elbe bei Hamburg (1381; auch als dtv großdruck 2576)
Das Vorbild (1423)
Der Geist der Mirabelle (1445; auch als dtv großdruck 2571)
Heimatmuseum (1704)
Der Verlust (10364)
Die Erzählungen (10527)
Über Phantasie (10529)
Elfenbeinturm und Barrikade (10540)
Zeit der Schuldlosen (10861)
Exerzierplatz (10994)
Ein Kriegsende (11175)
Das serbische Mädchen (11290)
Lehmanns Erzählungen (11473)

Ungekürzte Ausgabe
Mai 1992
Deutscher Taschenbuch Verlag GmbH & Co. KG,
München

ISBN 3-455-04234-1
Umschlaggestaltung: Celestino Piatti
Gesamtherstellung: C. H. Beck'sche Buchdruckerei,
Nördlingen
Printed in Germany · ISBN 3-423-11538-6

Inhalt

Leute von Hamburg

Schwer ist es, in Hamburg einen Hamburger zu ertappen. Auf eiliger, auf oberflächlicher Suche trifft man nur Krebse, Pinneberger, Bergedorfer, man begegnet den genügsamen Bücklingen einer strebsamen Gesellschaft, Makrelen aus Stade, Ewerschollen aus Finkenwerder, Heringe aus Cuxhaven schwimmen in erwartungsvollen Schwärmen durch die Straßen meiner Stadt, Hummer bewachen mit geöffneten Scheren die Börse, Knurrhähne begeben sich zu einer Konferenz ins Rathaus, man begegnet dem Seelachs und dem Dornhai und verfolgt volkreiche Wanderungen von Dorschen, die zum Hafen hinabziehen. Der erste, sozusagen unbewaffnete Blick findet immer wieder den Meeresgrund, er fällt in Aquariumsdämmerung; das hat schon Heinrich Heine erfahren müssen, als er mit gebildetem Spott und talentierter Melancholie die Leute von Hamburg suchte. Da bot sich unwillkürlich ein maritimer Vergleich an: Hamburg auf dem Grund der See, und durch es hintreibend, es bewohnend und beherrschend, zeigte sich mannigfaltiges Seegetier. Doch der unterseeische Vergleich schränkt zu sehr ein, er läßt zu wenig offen.

Um die Leute von Hamburg zu ertappen, um sich von ihnen begeistern oder befremden zu lassen, muß man sie anders suchen, mit bewaffnetem Auge, mit einem erheblichen Vorrat an leeren Stunden. Da nimmt man am besten ein Rumglas, ein geschliffenes, altmodisches, langstieliges Rumglas, man verschafft sich einen Fensterplatz in einer Kneipe – falls die Sonne mal irrtümlich scheinen sollte, kann man ja auch auf die Veranda hinausziehen –, und nach geduldiger Vorbereitung kann die Suche beginnen: man hebt das Glas gegen die Vorübergehenden, nimmt sie auf wie mit einer mitteilsamen Linse, bannt und sammelt sie. Gleich merkt man: Hamburger sind Leute, die sich selbst für Hamburger halten. Isoliert, durch den Schliff des Rumglases gebrochen, unterhaltsam verzerrt und auf mittlere Distanz gebracht, sind die Vorübergehenden auf einmal zu Geständnissen über sich selbst bereit. Gebrochen durch dein Rumglas geben die Hamburger Aufschluß über sich selbst. Unbestaunt, solange sie sich dem bloßen Auge bieten, geben die Leute von Hamburg zum Staunen Anlaß, wenn sie in die eigensinnige Linse eines Rumglases hineingeraten.

Heben wir ruhig mal das Glas. Lassen wir zum Beispiel ein Mädchen ins Glas geraten. Ein Mädchen in Rock und Bluse. Sie ist langbeinig – alle Hamburgerinnen sind langbeiniger, als es die Kritiker in London und Paris wahrhaben wollen. Dem Mädchen ist schon anzusehen, daß sie in allen drei Sprachen, die sie beherrscht, besonderen Wert auf den rechtzeitigen Gebrauch des Wörtchens »Nein« legt. Als tadellose Hanseatin wurde sie während der Überfahrt von London nach Hamburg geboren, das Englische brauchte sie nicht zu lernen, nur Spanisch und Französisch, und mit Hilfe der drei Sprachen sorgt sie für eine Belebung des Imports von Fetten und Häuten. Ihr Vater läßt zwei Rotwein-Spezialtanker zwischen Bordeaux und Hamburg verkehren, er ist liebenswürdig gegen jedermann, solange die Überweisungen pünktlich erfolgen, und auch das Mädchen ist liebenswürdig gegen jedermann, der an der Haustür bereitwillig umkehrt. Seit zwei Jahren trägt sie eine Bandage am rechten Handgelenk: das Glas meint, die Bandage sei nötig wegen einer Sehnenentzündung, die beim Tennisspiel aufgetreten ist. Ihre Haut kann lächeln, ihre Augen und ihre Mundwinkel können es auch, tun es aber nicht unbedingt.

Sie schätzt es keineswegs, wenn Jungen sie im Büro anrufen; wer sich nicht unmittelbar auf Fette und Häute bezieht – zumindest auf deren Import –, wird sachlich aufgefordert, sich kurz zu fassen. Verkante das Rumglas ein wenig, und du siehst: am Abend wird die freundliche Hamburger Fremdsprachenkorrespondentin über ihrem kleinen Hintern enge Blue jeans tragen, wird ihr Lieblingsgetränk Coca-Cola trinken, und in ihrem kühlen, sparsam möblierten Mädchenzimmer wird sie ›Die Tarnowska‹ lesen und sich mit Frank Sinatra fremd in der Nacht vorkommen. Tanzen? Sicher, gelegentlich auch tanzen, und sie tut es, wie's verlangt wird: sie tanzt würdevoll, sie tanzt gelangweilt, sie tanzt heiß und feierlich, doch wie vollkommen sie auch dem Partner im Tanz antwortet: hinterher darf sich niemand auf ein Ja berufen. Es ist ihr Stolz, weder Passionen zu haben noch Passionen zeigen zu müssen. Ihre nördliche Kühle hat nichts zu verbergen. Ihre blonde Nüchternheit verrät einen erstaunlichen Sinn für Selbstgenügsamkeit. Sollte sie sich eines Tages aus ökonomischen Gründen zu einem Kußabtausch bereit finden, wird sie hinterher die doppelte Menge Mundwasser gebrauchen und eine Familienflasche Coca-

Cola trinken. Das Rumglas bescheinigt ihr Fügsamkeit – wenn auch nicht so viel, daß sie bereit wäre, einen eingerollten Regenschirm zu heiraten. Ohne Zweifel will sie ihr Firmenbüro pünktlich erreichen, also halt dich nicht auf, versuch nichts, laß das beredsame Glas abermals füllen mit purem Jamaika, und du fühlst dich geschärft, fühlst dich womöglich als Scharfschütze gegenüber hamburgischer Wirklichkeit, so, auf unverdächtigem Anstand, die Gesellschaft durch dein Glas anvisierend, sie erkennend, und erkennen kann manchmal heißen: zur Strecke bringen. Und wenn du daran nicht glaubst, dann mach dir einfach vor, daß du auf der Suche nach den Leuten von Hamburg bist, fang sie in deinem Glas und träum sie dir listig zurecht.

Anstelle des Mädchens gerät da jetzt ein junger Mann ins Glas. Zu seiner Ausrüstung gehört eine Aktentasche und eine gefaltete Zeitung. Und Würde gehört zu ihm, eine Art früher Steifheit und Bedachtsamkeit, als trüge der junge Mann schwer am Risiko langer, immer bedrohter Handelswege. Der Schliff des Rumglases läßt ihn verkantet erscheinen, er zeigt eine dreieckige Hüfte, eine gekerbte Stirn, hinter der augenscheinlich die Sorge wohnt, die unvergleichliche Sorge dieses hamburgischen Jungkaufmannes: Mit wem gehe ich zum Sommerfest des Rudervereins? Wie wird das Wetter? Die Sorge macht, daß er mit hängenden Schultern dahergeht, ein Abbild junger und zugleich kleidsamer Resignation, die er auch im Kontor nicht ablegen wird. Er wird den Schlips nicht lockern, wenn er sich setzt, er wird sagen: Das ist nett, wenn ihm die Sekretärin Tee und Post hereinbringt, und später, wenn er die bearbeitete Post dem Prokuristen hineinträgt, wird er sagen: Manila hat netterweise überwiesen.

Erregung paßt nicht zu seinem Gesicht. Freude, Zorn, Trauer, Gier, Leidenschaft: sie sind ein für allemal verbannt, weil es unschicklich wäre, sie zu zeigen. Natürlich wird er es nett finden, wenn er in der Kantine erfährt, daß die Regierung ein Gesetz zur Stabilisierung der Wirtschaft ankündigt; den Raumflug der Amerikaner, die Erfolge bei den Rudermeisterschaften, das neue Programm der Staatsoper: er wird alles ausnahmslos nett finden, und wenn er etwas für *sehr* nett hält, dann wird man ihm Begeisterung nachsagen. Seine Sprache ist asketisch. Seine Sprache ist von exquisiter Einfachheit, sie paßt zu dem mageren Gesicht, zu der vertrauenerweckenden Magerkeit.

Eine halbe Drehung des Rumglases genügt, und alle diese Eigenarten sind nicht mehr zu entdecken. Statt dessen erscheint der Mann verkürzt und gedrungen, streng erscheint er, verhandlungshart, ein nüchterner Träumer, der nach gewürzduftenden Küsten Ausschau hält, der in anderen Erdteilen Optionen so groß wie Bayern erhandeln, eigene Häfen einrichten und sich selbst zum ersten Leibwächter des Kapitals ernennen wird. So, wie er im Glas erscheint, läßt er vermuten, daß er befehlsgewohnt ist, daß er auch harte Befehle erteilt, die er allerdings beim Rotwein mildern möchte. Am Eingang des backsteinroten Comptoirhauses, dessen Linien dem Grundriß eines Schiffes folgen, trifft er mit dem kühlen, schnell taxierenden Mädchen zusammen; keine besondere Bemühung, keine erhöhte Aufmerksamkeit ist an dem Hamburger Jungkaufmann festzustellen: wenn er grüßt, grüßt er korrekt. Die stilisierte Gelassenheit? Die hat er sich bei einer Regatta quer über den Atlantik erworben. Jetzt ist er weg.

Wir sollten das Glas absetzen, es von neuem füllen lassen und trinken, bevor wir es gegen den hanseatischen Abc-Schützen halten, der ganz und gar nicht eilig seiner Schule zustrebt. Seine dicken Lippen sind geöffnet, seine blauen Augen sind leer. Dieser Schüler beweist, daß man auf gedankenlose Art staunen kann. Er sieht dem Verkehrspolizisten zu. Er imitiert ihn und lenkt einen unsichtbaren Verkehr in seine Bahnen, und danach wendet er sich in nickendem Einverständnis mit seinem Erfolg ab, überquert eine Kreuzung, zieht ein Blatt Papier aus dem Ranzen, ein beschriebenes Blatt, das er zu studieren beginnt. Im Schliff des altmodischen Glases erhält der Junge einen Würfelkopf. Die langsamen Bewegungen seiner Lippen, der leere Blick, die offensichtlich vergeblichen Anstrengungen zur Konzentration lassen schon erkennen: wir haben es mit einem hamburgischen Schüler zu tun, der gewiß nicht aufgerufen wird, sobald eine Inspektion das Klassenzimmer betreten hat. Allerdings, seine Leere hat etwas Andächtiges, etwas Hingebungsvolles. Er ist der schlechteste Schüler einer durchschnittlich begabten Schulklasse in meiner Stadt. Gleich wird er seine Kameraden treffen, wird sich von jedem fünf Pfennig geben lassen und vor aller Augen das Geld in eine Blechbüchse tun. In der Rechenstunde wird er bemüht sein, nicht aufzufallen, er wird sich unscheinbar machen, aber dann, in der Pause, wird er an den Lehrer herantreten und ihn bitten, den Schülern schlechtere Zensuren zu geben. Er wird ihn dringend auffordern, strenger zu sein, rücksichtsloser zu werden – auch wenn die Schulbehörde es nicht gern sieht. Auf die rechtschaffene Verwunderung des hamburgischen Lehrers wird der schlechteste Schüler einer durchschnittlich begabten Klasse die Erklärung für seinen seltsamen Wunsch liefern. Er wird sich als Chef einer selbstgegründeten Versicherungsgesellschaft vorstellen. Er wird erläutern, daß jeder Schüler, der einen Beitrag von fünf Pfennig einzahlt, eine Prämie von fünfzig Pfennig bekommt, sobald er von einem Lehrer die schlechteste Zensur erhält. Um die »Prämienausschüttung« zu beschleunigen, wird er den verdutzten Lehrer noch einmal bitten, nach Herzenslust streng zu zensieren, damit der Versicherungskonzern zu Umsatz und Blüte gelangt. Vielleicht wird der Konzern später ein gläsernes Hochhaus an der Alster beziehen, in dem der schlechteste Schüler die Direktionszimmer besetzt hält und vor lauter Wohlergehen die Hälfte des Tages mit den Sekretärinnen scherzt. Wie mitteilsam ein altmodisches Rumglas ist, wieviel es offenbart! Zieh es näher heran, und aus den Kugelbäumen werden grüne Elefanten. Die Sonne wird zur Leuchtschrift, in der die Schlagzeilen der Torheit und des Unglücks verbreitet werden. Halte das Glas weiter fort, und aus einem ganz gewöhnlichen Polizisten wird ein eckiger, kniehoher Botschafter von einem anderen Stern. Die Poller bewegen sich. Die Schiffstaue beginnen zu pendeln.

Diesen sorgsam gekleideten Herrn beispielsweise, diesen blassen Juniorpartner: nimm ihn auf und verfolg ihn ein wenig. Vertrauen geht von seiner Erscheinung aus, auch zeremonieller Ernst, der Ernst eines Bestattungsunternehmers, er ähnelt tatsächlich einer Stehlampe. Er steuert ein trübes, melancholisches Haus an, vergleicht die Hausnummer mit der Nummer, die er in sein Notizbuch geschrieben hat, und er nickt beruhigt. Der Juniorpartner eines der ältesten und renommiertesten Umzugsunternehmen ist unterwegs, um einem seiner Klienten einen Antrittsbesuch zu machen. Senke das Glas nicht zu tief, sonst gerät der schmale, schweinswimprige Herr zu untersetzt; er persönlich vertritt die Ansicht, daß nur auf magere Menschen Verlaß ist, nur einem Mageren darf man sich anvertrauen – kurze Dicke entlarven sich selbst als disziplinlos. Er trägt Handschuhe. Er trägt einen steifen Hut. Tausenden hat er geholfen, in dieser Stadt umzuziehen, und Tausenden hat er seinen Antrittsbesuch gemacht. Sieh tiefer hinein in das alte Rumglas. Der vaterstädtische Umzugsunternehmer wird wie ein Freund der Familie lächeln, wenn er die Wohnung seines Klienten betritt, und bei Tee und Kuchen wird er freimütig über Urlaubsreisen, Kriegserlebnisse, Erfahrungen mit dem Zoll berichten. Dabei wird er erwarten, daß man sich auch ihm mit gleicher Freimütigkeit offenbart. Für ihn ist ein Umzug eine sehr intime Beziehung, die setzt voraus, daß man übereinander Bescheid weiß, daß man einander nach Möglichkeit ohne Rest vertraut, und ohne daß man es ihm auf der Stelle verbieten möchte, wird er, in unverdächtigem Dröhnbüdelton, das Bild von Liebenden bemühen. In diesem Zusammenhang wird er sich zu dem bemerkenswerten Bekenntnis hinreißen lassen, daß er nicht mit jedermann umziehen kann: er, als Hamburger Umzugsunternehmer, ist darauf angewiesen, daß ein Funke überspringt, und wenn nicht das, so muß dem Akt unzweifelbar Sympathie vorausgehen. Da er das sagt und bleibt, darf man annehmen, daß das nötige Liebesband geschlungen ist, sein beharrliches Dasitzen kann man als Sympathieerklärung auffassen. Kaum hat der Klient die verwirrende Intimität begriffen, da wird er darauf aufmerksam gemacht, was er für den Tag des Umzugs bereithalten muß. Der feinsinnige Umzugsmann wird ihn auf die Sensibilität hamburgischer Umzugsleute vorbereiten und wird, in Anbetracht der hochempfindlichen Körper, nur ein ganz bestimmtes Bier aus Hamburg fordern, nur eine bestimmte Sorte Fruchtsaft und nur eine einzige Zigarettenmarke. Alles andere wird er mit dem Hinweis disqualifizieren, daß zwei seiner Leute deshalb unpäßlich seien, weil sie in argloser Selbstvergessenheit ein süddeutsches Bier getrunken haben.

Jetzt einen schnellen Schluck, und nimm gleich das hellblaue Auto aufs Korn, aus dem ein hellblau gekleideter Hamburger Künstler aussteigt, um die Alster auf ihre motivische Eignung anzusehen: an der Art, wie er sich bewegt, erkennt man's gleich, das ist kein namenloser, das ist ein überbeschäftigter Groß- oder Hochkünstler. Kein Freund des zierlichen Umwegs, kein Liebhaber des Selbstzweifels. Der würde beim Erwachen nie annehmen, daß sich zwei am Abend zuvor erschaffene Figuren verändert oder von der Staffelei fortgestohlen hätten. Das Rumglas hat recht: der Großkünstler geht wie ein Seemann, er ist in der Tat zur See gefahren, Levante-Linie, wenn das etwas sagt. Die Alster erscheint ihm nicht fügsam genug, sie zögert, ihre Reize spontan feilzubieten, das macht den Künstler mißmutig. Sein Mißmut ist begründet, heißt doch sein Wahlspruch: Was ist, muß sein. Als hamburgischer Künstler darf er erwarten, daß sich das Zufällige der Welt vor seinem Auge schleunigst organisiert und durch zufriedenstellende Schönheit rechtfertigt. Die Alster aber will offenbar nicht, sie widersetzt sich einstweilen der künstlerischen Gefangenschaft. Es wird ihr nicht helfen, denn sie ist mehrmals vorbestellt: über kurz oder lang wird sie die nußbaumgetäfelten Kajüten einiger Frachtschiffe schmücken, die Frauen einiger Hamburger Ärzte bestehen darauf, ein Bild der Alster im Wartezimmer zu haben, auch gibt es verschiedene Kunden im fernen Blankenese, die den Binnensee bestellt haben. Der Künstler, das sieht man, ist sich selbst kein Rätsel, ebensowenig sind es seine Auftraggeber. Die Frauen, mit denen er Teestunden in seinem

Atelier veranstaltet, finden seine Sprache kräftig, sein Temperament schick und seine Bilder natürlich. Seine Trinkfestigkeit wird auf allen Reedereien gerühmt. Es gibt manche Reeder, die sagen: das ist einer von uns. Dem Künstler bedeutet das beinah soviel wie der Verkauf eines Bildes an die Kunsthalle. Er humpelt wirklich, er wurde einmal von einer Straßenbahn angefahren, aber das hat er längst verziehen, denn es war die Linie 18. Dieser Künstler liebt Hamburg. Es ist übrigens die einzige Stadt, die er liebt. Wenn er Florenz malte, Venedig, Neapel, konnte er es sich nicht verkneifen, Hamburger Bürger auf südlichen Plätzen zu versammeln. Alle Frauenporträts, die er gemalt hat, tragen ein verborgenes Kennzeichen seiner hamburgischen Jugendfreundin Elke Pfrüm. Mit aggressiver Ungeduld vernimmt er Berichte, in denen seiner Stadt Kunstfeindlichkeit nachgesagt wird oder doch Gleichgültigkeit gegenüber den Künsten. Er behauptet dann jedesmal, auf ihn wirke Hamburg bei jeder Rückkehr wie fünf Gläser Grog. Seine Lieblingsspeise ist gebratene Ewerscholle, sein Lieblingsmotiv heimkehrende Fischdampfer; die gibt es nirgendwo so frisch wie in Hamburg, sagt er. Er geht gern zu den Empfängen im Rathaus, dort findet der populäre Künstler vor allem Gelegenheit, mit einem populären Senator Hamburger Platt zu sprechen.

Aber schwenk ein wenig nach links, zu der zielbewußt segelnden Bark, ich meine die Frau im Wettermantel: vielleicht ist es Hammonia persönlich, die bürgerliche Göttin mit der Einkaufstasche. Unter ihrer durchsichtigen Plastikhaube, die helfen soll, die Frisur zu bewahren, werden erträgliche Gedanken gedacht, durch und durch gemäßigte Gedanken. Ein Geruch von strenger Sauberkeit, ein seltsam flatterndes Geräusch begleiten sie, ein Geräusch, das an flatternde Segel gemahnt, die sich mit einer Regenbö unterhalten, und ihr Blick erinnert an den Blick des wohlschmeckenden, zumindest aber nahrhaften Schellfischs. Sie hat früh erfahren, daß Leben auch darin besteht, daß sich die Möglichkeiten verringern. Sie wollte das im einzelnen erst gar nicht auskundschaften und begegnete der Welt schon im Kindesalter mit der erschreckenden Reife, die sie als hamburgische Hausfrau anzulegen verpflichtet ist. Sie ist reif zur Welt gekommen, und das heißt: sie hat sehr zeitig alle möglichen Konflikte besichtigt und sie für ihr Leben als untauglich befunden. Das Kleidungsstück, in dem sie sich am wohlsten fühlt, ist ein graues Kostüm. Die Einkaufstasche trägt sie nicht aus Zerstreutheit oder Gewohnheit, sondern aus immerwährender Bereitschaft: es könnte ja sein, daß man an einem fliegenden Stand vorbeikommt, an dem Südfrüchte versteigert werden: da muß man eben darauf gefaßt sein, sechs Kilo preiswerter Bananen nach Hause transportieren zu müssen. Die Göttin mit dem Schellfischblick und der Einkaufstasche kalkuliert in kleiner Münze: so werden alle Äußerungen des Lebens übersichtlich. Italien, das sie einmal besuchte, wird ihr immer aus dem Grunde suspekt sein, weil die Geldscheine dort leichtsinnig hohe Zahlen tragen. Einer Freundin hat sie bekannt, daß für sie ein Zusammenhang besteht zwischen italienischen Männern und dem hohen Zahlenwert der italienischen Banknoten: man wisse nie, wieviel man in der Tasche habe. Sie ist für übersichtliche Beträge, für übersichtliche Leidenschaften und für ein übersichtliches Familienleben. Genußvolle Maßlosigkeit leistet sie sich nur bei Pflaumenkuchen mit Schlagsahne, das geschieht selten genug. Als Hamburger Hausfrau verfügt sie über einen wortwörtlichen Gemeinschaftssinn. Sie bekäme es glatt fertig, eine halbe Stunde mit der

Taxe zu fahren, nur um ihre Rundstücke bei einem Preisbrecher zwei Pfennig billiger einzukaufen.

Behütet? Sie hält nichts davon, behütet zu sein – allenfalls versorgt. Versorgt mit Kaffee auf Lebenszeit. Ihre Freundinnen loben ihren Kaffee, und auch ihr Mann, ein sozusagen unpolitischer Räuchermeister in einer Altonaer Räucherei, versäumt es nie, brummende Laute des Behagens auszustoßen, wenn er ihren Kaffee trinkt. Er ist auch einverstanden mit ihrer Gewohnheit, Schals, Handtücher, Socken im Ausverkauf zu erstehen und die Sachen zunächst zwei Jahre liegenzulassen, bevor sie in Gebrauch genommen werden. Es liegt bestimmt am Glas, daß sie dir wie eine segelnde Barke vorkommt, oder genauer: wie eine Korvette vor dem Wind. Die vorgelegte rechte Schulter ist typisch, es ist eine instinktive Haltung: so schneidet ein Bug durch die Wellen. Mit dieser vorgelegten rechten Schulter gelingt es ihr aber auch, etwa bei Staatsbesuchen jede Menschenansammlung zu durchschneiden und zu den absperrenden Polizisten vorzudringen. Ob es ein Schah ist, eine Königin oder ein geplagter Prinzgemahl: sie jubelt keinem zu, sie klatscht nur gemäßigt, und wenn sie bei hohen Gästen Kummer vermutet, ist sie nahe daran, auszurufen: Kopf hoch! Läuft sich alles zurecht! Die Speisekarte des Festbanketts, die von den Tageszeitungen als gehütetes Geheimnis des Protokolls veröffentlicht wird, liest sie weniger aus Neugierde als aus unwillkürlicher Besorgnis; sie kann überraschend bei der Lektüre aufsehen und zu ihrem Mann sagen: Hoffentlich lagen die Seezungen nicht zu lange auf Eis.

Trink langsam, setz das erstaunliche Glas ab und sei nur so beunruhigt, wie es nötig ist. Hamburg ist eine wirkliche Stadt mit wirklichen Leuten, die sich überwiegend rollengerecht verhalten; auf die Besetzungsliste ist hier Verlaß. Hier hätte Raskolnikoff nie nach philosophischen Gründen für einen Mord gesucht, Josef K. hätte sich in dieser Stadt geweigert, ein namenloses Tribunal anzuerkennen, und Don Quichotte hätte die Mühlen nicht in phantastischer Verkennung attackiert, sondern sie für seine Rechnung Fischmehl mahlen lassen. Was andernorts möglich ist – Hamburg macht's unmöglich durch schöne Reserve und merkantilen Biedersinn, durch blonde Korrektheit und eine flügellose Vernunft. Wen solch eine Vernunft frösteln läßt, der wird hier nie ohne Wollzeug auskommen, wer indes zu ihrem Liebhaber wird, könnte entdecken, daß die Lektüre einer Bilanz ähnliche Wonnen gewähren kann wie ein Shakespeare-Sonett.

Wenn du herausbekommen willst, ob die Leute in Hamburg sich wirklich hamburgisch verhalten, dann bist du schon auf so ein altes Rumglas angewiesen; schütte dir den Rum nicht auf den Kopf, trink ihn und kneif ein Auge zu und ziele mit dem Glas auf den einheimischen Polizisten, der jetzt gerade zurückkehrt. Blaß und hochgewachsen, überraschend steif in den Hüften, kommt er heran, ein gelassener Ordnungshüter, ein trockener Wächter der Gesetze, dessen Gesicht durch berufsmäßigen Argwohn und durch eine Art berufsmäßiger Unzufriedenheit über die Besoldung gekennzeichnet scheint, kaum gemildert durch ein Polizeiabzeichen. Seine Brust ist leer und wird auch immer leer bleiben von Verdienstorden und Medaillen; denn in dieser kühlen und bedachtsamen Stadt gibt es zwar ein Verdienst, aber keine zur Schau gestellten Orden, mit denen ein Verdienst beglaubigt werden soll. Es ist ihm nicht anzusehen, daß er eine Tischlerlehre erfolgreich abgeschlossen hat, und niemand würde vermuten, daß er eine der umfangreichsten Sammlungen von

Zuckerstücken besitzt, von Portionszucker, den er, seine Freunde und Verwandten aus allen Lokalen mitbringen. Als hanseatischer Polizist – gediegen und solide – fühlt er sich allen Ganoven und Gesetzesbrechern der Wasserkante gewachsen. Aus dem geschliffenen Glas erfährst du, daß in dieser Stadt nicht elegante Verruchtheit, filigranhafte Sünde, mit einem Wort nicht sublime Bosheit ins Werk gesetzt und verfolgt werden, sondern vornehmlich die verschiedenen Spielarten hausgemachter Verworfenheit.

Er treibt einen Haufen Kinder fort, die am Eisengitter vor dem Wasser Bauchfelge üben: recht so, wenn eins der Gören ins Wasser fiele, wäre er verpflichtet, es herauszuholen. Wie die beiden Male vorher würde er vor dem Sprung Schuhe und Jacke ausziehen, und die Jacke würde er sorgfältig über eine Bank breiten, bevor er sich dem Rettungswerk widmet. Als er bei einem Streifengang gezwungen war, Hebammendienste zu leisten, bestand er darauf, sich vorher eine Schürze umzubinden; für seine Jacke ließ er sich einen Bügel reichen. Gegen falsch parkende einheimische Autobesitzer schreitet er sozusagen unnachsichtig ein, Ausländer haben da wenig oder gar nichts zu fürchten, denn jeder Hamburger Polizist ist besorgt, daß Fremde eine gute Erinnerung an seine Stadt behalten. Auch wenn weit und breit kein Auto zu sehen ist: er wird es nicht zulassen, daß jemand die Straße überquert, wenn die Ampel Rot zeigt; er möchte die Verkehrsampel als seinen stummen, mechanischen Stellvertreter verstanden wissen, dem vielleicht nicht der gleiche Respekt, aber doch die gleiche Beachtung entgegengebracht werden sollte. Solange er Uniform trägt, spricht er – mit dem Unterton des besorgten älteren Bruders – die Sprache der Polizeifibel. Abends bei Bier und Skat in der gemütlichen Wohnküche wird sich die Sprache allerdings entspannen.

Dreh das Glas, und jetzt kommt er dir vor wie ein Stelzengänger, gefährdet, hilflos, bedroht. Er geht auf die Straße und stoppt den Verkehr, um einer Katze sicheren Wechsel von einer Seite auf die andere zu ermöglichen. Einen Betrunkenen beobachtet er ausgiebig, bevor er ihn energisch auffordert, ihm die Gründe für solch unsinnige Trunkenheit aufzuzählen. Der Betrunkene vertraut ihm zwinkernd an, daß er auf seine Art die Unterzeichnung eines deutsch-dänischen Kulturabkommens feiere; das kann ein hamburgischer

Polizist allemal einsehen, er weist dem Schwankenden den kürzesten Weg in die Grünanlagen. Ein Fernsehteam, das ihn einmal auf einem Streifengang begleitete, mußte den ganzen Film noch einmal drehen; wie es hieß, bewegte sich der hanseatische Polizist zu bedeutsam, nicht aufschlußreich genug; an seiner Statt mußte ein uniformierter Schauspieler vor der Kamera herlaufen.

Wen grüßte der Polizist? Schwenk einfach hinüber zu dem gedrungenen weißhaarigen Mann mit den riesigen Händen und der imponierenden Schuhgröße, der im Begriff ist, seine schwarze Staatskarosse zu erstürmen. Das Gefährt, an dessen Typenbezeichnung du ja nicht zu denken brauchst, trägt allerdings keine bemerkenswert niedrige Nummer. Der Fahrer begrüßt den Daherstürmenden mit Handschlag und riecht vielsagend an der Zigarre, die er soeben erhalten hat. Beide Herren wählen dieselbe Partei, und sie wissen, warum. Täusche dich nicht, auch wenn die beiden ihre Kleidung wechselten: wer von ihnen der hamburgische Senator ist, bliebe immer noch auf den ersten Blick zu erkennen. Man könnte sich vorstellen, daß der Senator aus seiner Zeit als Schiffszimmermann eine gewissermaßen epische Tätowierung auf der Brust trägt: da bietet – vielleicht – ein langhaariges Mädchen dem Betrachter eine Flasche an, in der ein Mädchen sitzt, das eine kleinere Flasche anbietet, in der ein Mädchen sitzt, das eine noch kleinere Flasche anbietet – und so weiter. Auf seinen Oberarmen laden womöglich Koralleninseln ein, auf seinem Rücken vermutet man das Kap der Guten Hoffnung. Doch der Senator ist kein seliger Zeitversäumer, kein Schwärmer, kein Sucher von exotischen Paradiesen. Paradiesische Genugtuung findet er ausreichend in parlamentarischer Auseinandersetzung. Sie haben ihn einen Vollblutpolitiker genannt, und er selbst ist einverstanden damit. Er ist gerecht gegen seine Gegner, noch etwas gerechter gegen seine Freunde. Er ist kein Rotweintrinker. Dieser Senator trinkt zum kleinen Hellen einen klaren Schnaps. Es fällt nicht schwer, ihn als jungen Schiffszimmermann zu sehen, der sich für die Abendschule eine Krawatte vorbindet. Neben der Abendschule Arbeit in den Jugendorganisationen der Partei: neben der Parteiarbeit Trainingsabende im Hafensportverein. Außerdem ist er ein gieriger, ein unersättlicher Leser, der Bücher braucht, um seine fünfundzwanzigjährige Schlaflosigkeit zu ertragen. Romane liest er gern; seine Einwände sind sachlicher Art: gegen ›Schloß Gripsholm‹ zum Beispiel hat er einzuwenden, daß dort ein Mann zwei Mädchen in seinem Bett vorfindet. Der Senator ist der Überzeugung, daß ein Mädchen genügt. Tucholsky steht ihm nah, aber für Bismarck hat er auch sehr viel übrig – natürlich nur in außenpolitischer Hinsicht. Er zitiert gern Lessing; wer mit ihm über die Herkunft von Zitaten streiten will, sei gewarnt: bisher hat er in dieser Hinsicht jede Wette gewonnen. Für sich selbst hat er eine Erhöhung seiner Diäten abgelehnt; sein Fahrer hat strenge Anweisung, die Frau des Senators niemals und unter keinen Umständen in die Stadt zu fahren. Wenn die Frau des Senators ein Schiff tauft, besteht nie die Gefahr, daß die Sektflasche nicht zerspringt, im Gegenteil: ihre Wurfkraft ist so achtbar und unter Werftleuten so bekannt, daß Eingeweihte in Deckung gehen. Schau durch den Boden des Glases und laß dir bestätigen, wie wenig es sich lohnt, ein typisches Bildnis zu haben von einem typischen Hamburger Senator. Aktionär der Tradition, feinsinniger Verwalter eines schläfrigen Schicksals? Wachsamer Duzfreund Merkurs? Milder Verächter der Bildung? Sieh lange genug hin und laß deine Vorurteile schmelzen, laß dich zu deinem eigenen Gewinn widerlegen – wenn es nötig ist.

Mißtraue dem Glas, weil es dir so prompte Durchblicke verschafft. Vertraue dem Glas, weil sein altmodischer Schliff die Leute geständniswillig macht. In jedem Fall: nimm einen Schluck, bevor du die freundliche, helläugige Dame zum nächsten Ziel erklärst. Sie ist keine Hamburger Ärztin, die dir nach kurzer Untersuchung aus Großzügigkeit mindestens zwei Krankheiten zur Wahl anbietet. Straff und spottbereit geht sie vorbei – geht? Ihr Gang hat etwas Übereiltes, Achtloses, gleich wird sie hinstürzen, wenn sie nicht aufpaßt, doch sie paßt immer auf. Ihre Hände wirken wie zwei selbständige Wesen, die nur lose an den Armen befestigt sind. Mit ihrer Stirn hat es eine eigene Bewandtnis: sie verrät auf den ersten Blick, daß da ein Streit zwischen Wünschen und Verzichten stattfindet. Wenn in ihren Gürtel ein Motto eingestickt wäre, so könnte es heißen: Bloßlegen, um zu verändern.

Man weiß längst, daß die vorbeistürzende Dame eine der vielgefürchteten Hamburger Journalistinnen ist, beruflich unterwegs, um einen musikalischen Postboten menschlich zu sehen oder um schonungslos eine Mißhandlung von Goldfischen aufzudecken. Ihren Lokalspitzen wird vergiftete Anmut nachgerühmt, ihren Porträts gesellschaftspädagogische Strenge. Obwohl sie Doktor der Philosophie und der Rechtswissenschaften ist, wirkt sie im persönlichen Gespräch faszinierend dröge, karg, unergiebig; sie scheut sich nicht, Fragen zu stellen, die dem Interviewten belanglos erscheinen. Ihre am häufigsten gebrauchte Redewendung lautet: Was haben Sie sich eigentlich dabei gedacht? Der von ihr Besuchte sieht sich bald dazu verführt, der trockenen Dame mit überlegener Nachsicht zu antworten, dabei entkrampft er sich. Weil er dem Geschreibsel keine sonderliche Bedeutung beizumessen bereit ist, zeigt er seine sämtlichen Ansichten: auf solche Art gerät er wie alle andern in eine Falle.

Sie lebt mit ihrer sechsundachtzigjährigen Mutter zusammen, die – zwischen Hamburgensien und Mahagoni – sich selbst für eine Dame der Gesellschaft hält und die während des Krieges von ihren Freundinnen erwartete, daß diese trotz eines Bombenangriffs zum Tee erschienen. Die Mutter hat sich so lange geweigert, den Beruf ihrer Tochter zu sanktionieren, bis es der Journalistin gelang, das jahrelange Ärgernis der alten Dame zu beseitigen: durch geharnischte Artikel wurde die Stadt gezwungen, für eine Eindämmung der Kaninchenplage zu sorgen, denn es waren die Kaninchen, die jede Freude an selbstgezüchteten Tulpen ausschlossen. Wenn die Journalistin zur Redaktion aufbricht, sagt sie gelegentlich zu ihrer Mutter: Ich muß mal nach dem Rechten sehen. Nach dem achten Whisky erklärt sie bereitwillig, gegen wen sie unter gar keinen Umständen zu schreiben geneigt sei: es sind die Lage der Stadt Hamburg und Gott. Als ein kritischer Kulturfilmproduzent von den Lieblingsbeschäftigungen der Hamburger behauptete, sie bestünden darin, die Wetterkarte zu prüfen und sich versichern zu lassen, wies sie ihm in ungewöhnlicher Schärfe nach, daß dies nicht nur menschliche, sondern auch ehrsame Beschäftigungen seien, die »in jedem Fall noch nie zu einem Krieg geführt« hätten. Falls es sich nicht umgehen läßt, höhere Offiziere anzusprechen, nennt sie sie entweder Herr Postsekretär oder Herr Bahnhofsvorsteher. Ihre Bosheit ist befiedert, ihre Beleidigungen erscheinen zu treuherzig, als daß man unmittelbar auf sie reagieren möchte. Ihren einstigen rheinländischen Verlobten kühlte sie mit der

Bemerkung ab, daß sie nicht einsehen könne, was er »an ihr herumzufummeln« habe; als die Korrespondenz einschlief, war sie erleichtert.

Was wird im Rumglas außerdem sichtbar? Wie weit läßt es dich blicken? Das wird deutlich: die Dame ist nicht zu ihrer Redaktion unterwegs; da sie als hamburgische Journalistin überzeugt ist, daß das Wissen, das sie besitzt, vielleicht für den gegenwärtigen Augenblick, nicht aber für den nächsten Tag ausreicht, strebt sie zur Universität. Sie studiert Soziologie. Und Kisuaheli. Damit rächt sie sich gleichzeitig an ihrem Großvater, der im Jahr 1913 gegen das Projekt einer hamburgischen Universität stimmte, weil seiner Meinung nach »hanebüchenes Studieren nur das Gelehrtenproletariat vermehrt«.

Doch nun brauchst du dem Glas nichts zu empfehlen, es hebt sich von selbst und beschäftigt sich mit einer Dame von rührend überanstrengter Eleganz, die im Würgegriff drei Milchflaschen nach Hause schleppt und die es offensichtlich gern hätte, wenn die Sonne ihr nicht ins Gesicht schiene. Ihrem Wunsch, ein wenig hinfällig zu erscheinen und eine gewagte, sagen wir: rachitische Anmut vorzugeben, widerspricht ihr einwandfrei gewachsener Körper und die ganz und gar ökonomische Art zu schreiten – zumindest in der Hauptphase der Fortbewegung, beim Schritt. Daß sie nach dem Schritt Hüfte und Hintern befiehlt, sich über das Notwendige hinaus ruckhaft zur Seite auszulagern, läßt sich als angenommene Eigentümlichkeit bestimmen. Der Pullover ist so eng, daß alles unter ihm sich fest und geborgen fühlt: die Dame kann sorglos auf jeden Büstenhalter verzichten. Was da beim Gehen an natürlichem Auf und Ab geschieht, ist ihr persönlich gleichgültig. Ihre Augen? In ihren Augen liegt das Bekenntnis, daß nichts auf der Welt ihr fremd ist. Aus ihren Augen spricht der Wille zum Guten und die Bereitschaft zur Gunst.

Wie viele Gewerbetreibende achtet sie vor der Eröffnung des Geschäfts darauf, daß Wechselgeld zur Hand ist; sie hat erfahren, daß insbesondere Seeleute nie in der Lage sind, die ausgemachten Preise zu bezahlen; die schwenken immer gleich den größten Schein und können sich nicht vorstellen, welche Schwierigkeiten das Wechseln macht. Mit einem Preisnachlaß können nur Leute aus Wandsbek rechnen; wer nachweisen kann, daß er aus ihrer Straße stammt, erhält den Vorzug kostenloser Gunst. In allen anderen Fällen gilt das Prinzip der Vorauszahlung. Oft, in Wartezeiten, strickt sie für den Vater ihrer Kollegin, mit der sie die Zweizimmerwohnung teilt, einen reinwollenen Hüftwärmer. Jedesmal, wenn sie zu Besuch nach Wandsbek fährt, trägt sie selbst reinwollenes Unterzeug.

Wozu sie drei Literflaschen Milch nach Hause trägt? In den Arbeitspausen ißt sie mit ihrer Kollegin am liebsten Milchreis mit Zimt. Hungrigen Geschäftspartnern bietet sie mitunter auch etwas an. Nachsichtig bei der Festsetzung der Preise, unnachsichtig bei der Bezahlung, achtet sie, daß der Kontrakt von ihrer Seite eingehalten wird. Sie hat da Grundsätze. Sie kommentiert die Grundsätze anschaulich und stellt etwa fest: wer einen Schleppkahn an den Haken nimmt, sollte auch dafür sorgen, daß er an den Kai kommt. Mäßige, aber solide Verheißung. Nicht die seligen Träume Ertrinkender, nicht der süße Schauder unergründlicher Sümpfe, sondern Gediegenheit: Hol mi mol röver, der Schlepper wird kommen.

Manchmal kommt ihr Freund, um bei ihr die Zeitung zu lesen, die sie jeden Morgen kauft. Sicherheitshalber schneidet sie mit der

Nagelschere Fotos von schlechtbekleideten Mädchen oder Nachrichten heraus, die ihrer Meinung nach der Freund gar nicht sehen sollte. Er darf die Zeitung nur im Lehnsessel lesen, nicht auf der Couch. Wenn sie Ausländern von ihrer Stadt erzählt, nennt sie Hamburg regelmäßig das Tor zur Welt, das jeder gern passieren mag. Eines Tages, so hofft sie, wird sie in der Nähe der Mönckebergstraße ein Geschäft mit Wollsachen und Trikotagen eröffnen. Dies Ziel hat sie immer vor Augen, und es erscheint ihr besonders nah, wenn ein amerikanischer Flugzeugträger zu einem Besuch in den Hafen einläuft. Falls sie manchmal beim Auslaufen an der Pier steht und winkt, wundern sich die Leute, daß das ganze Startdeck zu pfeifen beginnt. Ihrem Freund hat sie klargemacht, daß sie persönlich nichts, aber auch nichts gegen die Verteidigungsanstrengungen der Amerikaner, insbesondere nichts gegen den Bau von Flugzeugträgern hat.

Stärk dich, nimm erst einmal einen scharfen Schluck und achte auf den sympathischen Feuerball, der da in dir zu rotieren beginnt. Such hier kein exquisites Laster, keine rosarote Verworfenheit: hier hat die Liebe ihren Stammtisch, du kannst am Eintopf satt werden, wenn du willst, unterschätze diese Vorteile nicht: Birnen und Speck, zusammengekocht. Doch laß den Schauermann mit dem Zampelbüdel nicht ohne weiteres passieren, den mit der Schiffermütze und der abgeschabten Aktentasche, der den Kragen seiner fleckigen Lederjoppe hochgestellt hat und zur Landungsbrücke hinabschert, zum Anlegeplatz seiner Barkasse. Er hängt vom Hafen ab, und der Hafen von ihm. Hol ihn unter die Sammellinse des Glases, laß dir gesagt sein, daß dieser Schauermann seit fünfunddreißig Jahren im Hafen arbeitet, an der Silberader der Stadt. Er hat es nicht nötig, zu lächeln, wenn er angesprochen wird, er darf aus Herzensgrund wortkarg sein. Wer kein Platt versteht, sollte erst gar nicht versuchen, eine Frage zu stellen; außerdem sollte man bedenken, daß die alte Stummelpfeife die plattdeutschen Wörter deformiert. Am ehesten empfiehlt sich als Gruß ein kurzes Nicken. Es kostet ihn keine Anstrengung, während einer ganzen Schicht nur »hiev op« oder »fier weg« zu sagen; manchmal ersetzt er das sogar durch standardisierte Armbewegungen. Seinen langsamen Blicken ist anzumerken: er hat ein empfindliches Augenmaß für Luks und schwebende Lasten. Der sieht sofort, wo eine Last eingepickt oder unterfangen werden muß. Wenn man von ihm wissen will, ob Hamburg wirklich ein schneller Hafen ist, kann es vorkommen, daß er erst nach zwei Tagen sagt: Jo.

Einmal ist er in ein Luk gestürzt, fünf Meter tief, ein anderes Mal, mit erheblicher Schlagseite, fiel er zwischen Bordwand und Pier: immer ließ er sich von andern erklären, wie das geschehen konnte, er selbst hatte keine Meinung dazu. Er äußert nie Meinungen, wo etwas gutgegangen ist oder gutzugehen scheint. Seinem ältesten Sohn aber glaubte er eine Meinung schuldig zu sein. Als sein Sohn ein Stipendium für die höhere Schule erhielt, sagte er: »Wat sall dat? Du heurst in'n Hoben.« Und als die Gesandten eines Meinungsforschungsinstituts an seine Tür klopften und ihn fragen wollten, wie viele Bücher er besitze und wie überhaupt er sich zu Büchern verhalte, sagte er, ohne die Stimme zu heben: »Schiet in' Wind.«

Dieser Hamburger Hafenarbeiter, sozusagen das Prachtexemplar eines Hafenarbeiters, hat seine Stummelpfeife auf dem Nachttisch liegen, er raucht vor dem Einschlafen und vor dem Aufstehen. Mit seiner Frau geht er nur einmal im Jahr aus: am vierundzwanzigsten

Dezember zum Fischgeschäft, um dort den Karpfen für den Heiligen Abend abzuholen. Sonst überläßt er ihr alles, was sie zu tun für richtig hält. Wenn sie ein neues Möbelstück anschafft und ihn zu raten auffordert, was sich in der Wohnung verändert habe, tippt er jedesmal daneben; verholt dagegen im Hafen ein Schiff, so entgeht es ihm nicht, und er sucht für sich nach Gründen zu einem solchen Manöver. Die Treueplakette, die er bei seinem fünfundzwanzigjährigen Arbeitsjubiläum erhielt – früher gab's das, jetzt gibt's bare Münze –, hat er so umsichtig verwahrt, daß niemand, nicht einmal er selbst, sie wiederfinden konnte. Aber trotz seiner Einsilbigkeit, trotz seines Alters und der geduldigen Bereitschaft zur Verwitterung hat man den Verdacht, daß sich etwas in ihm sammelt oder vorbereitet: ein Ausbruch, ein Amoklauf; man stellt sich vor, daß er plötzlich verschwindet für einige Tage, regelrecht verschollen bleibt, und wenn er wieder auftaucht, wird es von ihm heißen, daß er allein ein vollbesetztes Lokal demoliert hat, gegen den Widerstand von achtundvierzig Gästen. Andere werden ihm erklären, warum das geschehen mußte, und er wird einverstanden sein mit allen Erklärungen, und weiter wird er dafür sorgen, daß Hamburg ein schneller Hafen bleibt.

Nicht zu vereinen mit dem Mann aus dem Hafen ist natürlich das Paar, das jetzt von links ins Glas gerät: in jeder Stadt gibt es halt Dinge, die unvereinbar sind. Die possierliche grauhaarige Spitzmaus und der spröde, rothaarige Greis, die untergehakt und festlich gekleidet vorbeischweben, wischen den Schauermann aus. Der alte Herr trägt einen silbergrauen Schal zum schwarzen Mantel, der Spitzmaus baumelt am Handgelenk ein besticktes Täschchen, in dem sich, wie das alte Rumglas meint, schätzungsweise zwölf Weizenkörner unterbringen lassen. Das ist eine Täuschung: in dem bestickten Täschchen werden zwei Theaterkarten transportiert, und man darf schließen, daß es sich bei dem Paar um genuine hamburgische Theaterbesucher handelt. Sie haben gebadet, gegessen, Rotwein getrunken. Sie haben sich vorbereitet auf den ›Tod des Handlungsreisenden‹, der heute abend zum fünften Mal gegeben wird. Sie sind ausgeruht und eingestimmt auf alle denkbaren Begegnungen. Ein Testament haben sie nicht gemacht, aber der Neffe ist aufgefordert, ihre Rückkehr nicht zu erwarten. Wie oft sie ins Theater gehn?

Alle sechs bis acht Wochen. Um nicht in die »falsche Aufführung« zu geraten, versichert sich die grauhaarige Dame vorher, ob es »schwierig« ist oder »nett«. Vor allem aber versichern beide sich, ob die Priesterjahns aus Rahlstedt auch dasein werden.

Als Hamburger Theaterbesucher werden sie mit besonderer Genugtuung feststellen, daß die Spiegel in den Wandelgängen wieder vollzählig sind, daß der Kronleuchter repariert und das Gestühl endlich frisch bezogen wurde. Daß man Priesterjahns hinter sich entdeckt, erhöht die Genugtuung. Hebbel, der sich als Autor damit tröstete, daß nicht nur ein Stück, sondern mitunter auch das Publikum durchfallen kann, muß dabei an jedes andere, nur nicht an das Hamburger Publikum gedacht haben; zu nachsichtig, zu kühl und bereitwillig läßt man hier auch das auf der Bühne gewähren, was außerhalb der eigenen Gemütserfahrung liegt. Man sagt sich einfach: die Lehre des Stücks ist berechtigt, aber für andere, und schon hat man die Gefahr abgewendet, daß das eigene Bewußtsein beschädigt wird. In der Pause merkt jeder sofort: hier kann man nur dem zweitbesten Abendkleid begegnen, dem zweitbesten Abendanzug. Was auf dich zukommt, hast du garantiert schon bei anderem Anlaß gesehen: nimm das als mangelnden Originalitätssinn oder als Höflichkeit gegenüber dem Stückeschreiber; man will, daß ihm die größte Aufmerksamkeit gehört.

Während der Aufführung, da gibt es keine Frage, wird man weniger ergriffen als mit sachlichem Interesse Willy Lomans kleinbürgerlichen Selbstbetrug verfolgen. Man wird den Kopf schütteln über seinen verzweifelten Wunsch, um jeden Preis beliebt zu sein, man wird sich indigniert zeigen angesichts einer Welt, die dem Handlungsreisenden vor allem Lächeln und Bügelfalten abverlangt. Und hinterher wird der ansehnliche rothaarige alte Herr, die Begegnung mit diesem Stück bilanzierend, feststellen: Das kommt davon, wenn man von Abschlüssen träumt. Wer Abschlüsse zu machen hat, kann sich keine Träume leisten. Der aber leistet sich Tagträume, der einheimische Besoffene, der aus den Anlagen zurückkommt: folge ihm rasch. Er schwingt eine eingebildete Peitsche gegen eingebildete Löwen, nein, er beschwört, er besänftigt nur eine unabsehbare Menschenmenge, die er gerade mit seinem Wort in einwandfreie, nur noch mühsam beherrschte Erregung versetzt hat. Aus dem Asyl seines Rausches redet er, predigt er, droht und verheißt er: Hamburger Betrunkene verwandeln sich unversehens in Redner. Sie reden zu den Fischen in der Elbe, zu den Möwen reden sie, zu den Bäumen im Park, und man kann auch erleben, daß einer dem Bismarckdenkmal eine Rede hält.

Er schwankt aus den Grünanlagen heran, ein schwerer Mann in zu engem, straff geknöpftem Fischgrätenmuster, eine Melone auf dem Kopf, mit hängendem Hosenboden und Schuhen, deren Kappen entweder der Frost oder die Hitze gesprengt hat: ein Estragon oder Wladimir, der auf seinen Godot wartet. Schreckhaft bleibt er stehen, langt in die Tasche, zieht eine Taschenflasche heraus, will trinken, doch die Flasche ist leer, und er schenkt sie mit großgeratener, abschiednehmender Geste dem Papierkorb. Er durchstöbert seine Taschen. Er stülpt das Futter von allen Taschen nach außen. Ein Geldschein – sagen wir zehn Mark – segelt auf den Boden. Er hebt ihn vorsichtig auf, zeigt ihn triumphierend den grüngestrichenen Bänken, redet mit einem philosophischen Dackel und verneigt sich tief vor einer offenbar gehbehinderten Dame, der er anvertraut, daß er sogleich mit dem ersten Bürgermeister ein neues Gesetz besprechen werde: es soll verfügt werden, daß Vermögen von einer gewissen Höhe ab unanständig genannt werden dürfen. Ferner möchte er erreichen, daß alle Straßen in Hamburg mit Glas überdacht werden und daß über der Stadt selbst eine künstliche Sonne angebracht wird.

Zieh das Glas näher ans Auge, und jetzt erkennst du, daß sich der Betrunkene mit seinem letzten Geldschein bespricht oder beratschlagt. Es ist deutlich, die beiden werden sich voneinander trennen. Für zwei Drittel des Geldes wird er eine preiswerte Flasche kaufen; den Rest wird er sorgsam aufheben, um als Hamburger Trunkenbold gegen Abend zu tun, was er sich selbst schuldig ist: er wird eine Taxe heranwinken, und auf die skeptische Frage nach dem Fahrtziel wird er dem Chauffeur das Obdachlosen-Asyl nennen: Pik-As. Einem Soziologen, der ihn für seine Motivforschung ausnehmen möchte, wird er erklären, daß Hamburg nicht allzuweit von London liegt, und dort bleibt ein Gentleman auch dann noch ein Gentleman, wenn er in einen finanziellen Engpaß gerät.

Trinken, erst einmal trinken, das Glas wird beredsamer dadurch, fängt und erfindet dir die Leute von Hamburg, die du unbewaffnet kaum zu Gesicht bekommst. Glaub dem

Glas nur jedes zweite Wort und dir selbst nur jedes dritte: auch ein empfindliches Auge, eine durchtrainierte Intelligenz haben es nicht leicht, im Gegenüber das Hamburgische wahrzunehmen. Die Frage nach dem Typischen erschien mir immer brutal. Angemessen erscheint mir die Frage nach dem Lebensfähigen: also was bestätigt sich als lebensfähig in deiner Stadt, in der es als attraktiv gilt, anderen unscheinbar vorzukommen? Der Mann beispielsweise, der mit dem dünnen Haar, der genügsam auf einer öffentlichen Bank sitzt: von ihm erfährst du in einem Jahr nicht mehr, als sich auf einer halben Prosaseite erzählen läßt. Sein Blick hat nichts von Wagen und Hoffen, das heißt, er befindet sich nicht gegenüber von Ungewissem. Der Tanker, der vorbeizieht, der Getreideheber, der seinen Rüssel in einen Prahm senkt, das Bürohochhaus mit der Reedereiflagge auf dem Dach: im Notfall – oder wenn du ihn lange bedrängst – wird er dies alles sein eigen nennen. Und wird besorgt sein. Und wird dir nicht sagen, aber diskret zu verstehen geben, daß ihm nichts Schlimmeres passieren kann, als wenn andere ihn für reich halten. Fünf Stiftungen werden von seinem Geld am Leben erhalten; was er außerdem nach allen Seiten spendet, darüber darf – aus alter Tradition – nichts gesagt oder geschrieben werden. Einer der glücklichsten Tage seines Lebens war ein Montag, an dem der ›Spiegel‹ einen Artikel über die Reichen in Deutschland brachte: sein Name wurde nicht genannt, obwohl er in der alpinen Welt des Finanzwesens zu den höchsten Erhebungen gerechnet werden muß.

Die Hamburger Straßenbahn hält er seit seiner Jugend für ein ausreichendes Verkehrsmittel. Um seinen hohen und niederen Angestellten nicht die Freude am neuesten Wagen zu nehmen, erscheint er zwanzig Minuten vor ihnen im Büro. Diese zwanzig Minuten benutzt er, um täglich eingehende Spendenwünsche zu erfüllen oder um neue Arbeitskräfte einzustellen. Er ist fest davon überzeugt, daß eine achtundzwanzigjährige Frau etwas mehr leistet als eine zweiunddreißigjährige Frau, und deshalb erhält die Jüngere allemal den Vorzug. Was den Rotwein angeht, da ist er Sachverständiger, aber am häufigsten trinkt er Apfelmost von eigenen Äpfeln, die er in eigener Presse verarbeitet. Er wundert sich über jeden, der sich wundert, daß er die Sozialdemokraten wählt. Er sagt: Bei den Sozialdemokraten, da gerät nichts außer Rand und Band, die brauchen keine Helden, unter ihnen kann man furchtlos und geruhsam verwittern. Er freut sich, daß sozialdemokratische Freunde von seinem Angebot Gebrauch machen und ihren Urlaub in dem Dreimillionen-Haus in Kampen verbringen, das seine Frau, eine Düsseldorferin, ihm abgeschnackt hat. Da sein Großvater und sein Vater in trockener Würde über neunzig Jahre alt wurden, hat er sein vor sich liegendes Leben bis zum zweiundneunzigsten Jahr ausgeplant. Freunden vertraut er an, welche Projekte er in welchem Alter in Angriff zu nehmen gedenkt. Es zweifelt niemand an seinen Worten.

Gönn dir ruhig einen Schluck, doch jetzt sei mißtrauisch: was da zur U-Bahnstation hinabstürzt, sind nicht drei Frauen, es ist nur eine einzige Frau. Man muß das Augenmaß behalten, die Skepsis gegenüber dem alten Rumglas, das dir entweder zuviel anbietet oder zuwenig. Eben hast du dreifach gesehen: drei feste Haarknoten, drei Aktentaschen. Dreifach, so erscheint, denke ich mir, mitunter diese Hamburger Lehrerin auch ihren Schülern. Streng und gutmütig, unheimlich und bewundernswert: einst hat sie für das Frauenrecht gekämpft, jetzt kämpft sie für die Aufklärung ihrer Schüler. Ihr Gang verrät schon: diese Frau befindet sich in einer Art Krieg. Übermittlung des Wissens ist für sie keine spielerische Angelegenheit.

Sie formiert Stoßtrupps der Bildung. Sie macht ihre Schüler zu Pionieren, die Brücken schlagen müssen über die Ströme der Unwissenheit. Sie walzt die Drahtverhaue der Vorurteile nieder. Wer durch ihre Hände geht, den wird sie auf Lebenszeit als ihren Schüler betrachten, und gegen diesen resoluten Besitzanspruch hat sich bisher auch noch niemand gesträubt. Als einer ihrer ehemaligen Schüler wegen Plünderung von Kiosken verurteilt wurde, erschien sie im Gerichtssaal und schmierte dem Verurteilten eins. Den Ordnungsruf und die Geldstrafe quittierte sie mit bösartiger Genugtuung. Welche Fächer unterrichtet sie? Sieh genau hin: die Schuhe, der Gang, das Gesicht und die Augen, die sofort preisgeben, daß sie sich zu Menschenrechten, Bürgerstolz und Feinsinnigkeit bekennt – all das sagt dir, daß diese Lehrerin Mathematik, Geschichte und Turnen gibt. Wenn ihr Mann, ein Musiklehrer, ihr vorwirft, daß sie darauf aus sei, ihn zu unterjochen, dann fordert sie ihren Mann sachlich auf, ihr doch das sympathische Beispiel einer Selbstbefreiung zu bieten.

Ihr spezielles, historisches Interesse gilt der Hanse, ihre geschichtliche Lieblingserscheinung ist Karl der Große; der Mann, den sie nie ohne einen Ausdruck grimmiger Ironie nennt, ist Turnvater Jahn. Wenn man sie darauf anspricht, in welchem Fach der Hamburger Schüler so etwas wie eine Naturbegabung zeigt, wird sie ohne Zögern antworten: auf dem ganzen Feld der Mathematik. Deshalb hat sie es aufgegeben, mathematische Strafarbeiten zu verhängen. Um Schüler, die aus der Reihe tanzen, zu Einsicht und Disziplin zu bringen, brummt sie ihnen Arbeiten auf, die Anforderungen an die Phantasie stellen, Aufsätze vor allem. Sie selbst glaubt nicht, daß der Mensch durch Phantasie zu retten ist, ebensowenig durch Musik oder Malerei. Lediglich von der Mathematik, da erhofft sie sich einiges. Wenn sie Vertretungsstunden gibt, liest sie den Schülern Fallada vor oder Kisch oder auch, wenn sie dazu aufgelegt ist, Storm; es kann aber auch passieren, daß sie ihre Schützlinge zum Elbuferweg treibt und sie dort die Tonnage vorbeiziehender Schiffe taxieren läßt. Mit der Oberstufe bespricht sie leidenschaftlich kommunalpolitische Entscheidungen des Senats und lädt ab und zu Politiker zu Diskussionen in ihrer Schule ein. Dabei zwang sie schon manchen Herrn zu vorzeitigem Aufbruch. Natürlich wird sie auch dir sagen, daß sie aus ihren Schülern am liebsten Hamburger machen möchte: versteh diese Antwort nicht zu schnell.

Hamburger, wie gesagt, sind Leute, die sich selbst für Hamburger halten. Was mehr? Kann man etwa sagen, daß sie sich von den Kölnern so eindeutig unterscheiden wie ein Knurrhahn vom Rheinsalm? Ist das Hamburgische ein besonders einprägsamer Schutzanstrich, der von keinem Regen abgewaschen werden kann? Die Lehrerin behauptete einmal gegenüber französischen Pädagogen, das Hamburgische, das sei die Kunst, die Welt am Lieferanteneingang zu empfangen und ihr das Gefühl zu geben, dies sei die größte Auszeichnung, die man hier zu vergeben hat. Sie meine aber auch, hamburgisch, das sei: in aussichtsloser Lage zu diskutieren. Und das tun die Hamburger, weil ihnen nichts egal ist, was sie selbst betrifft. Aber laß die Lehrerin zu ihren Schülern ziehn, laß überhaupt das mitteilsame Spiel mit dem altmodisch geschliffenen Rumglas. Wer soll davon profitieren? Je länger man auf Leute in Hamburg blickt, desto mehr verwirrt sich alles. Ausdenken, ohne Wörter träumen kann man sie sich schon, aber nach dem sogenannten Leben schildern? Alles wäre leichter, wenn es nur einen einzigen Hamburger gäbe. Doch jeder Blick sagt dir, daß es zumindest zwei gibt. Außerdem: durchschauen ist unhöflich – falls es überhaupt gelingt. Man schreibt und erzählt ja auch deshalb, um sich das Unmögliche bestätigen zu lassen.

Laß dir das Glas noch einmal füllen, zum letzten Mal, und jetzt heb es nicht gegen andere, sondern schau von oben hinein und frag dich, wie nützlich Gewißheiten sind über die Leute in einer Stadt. Worauf sollen Gewißheiten vorbereiten? Welch ein Abenteuer verhindern? Welche Dividenden ermöglichen? Gott sei Dank ist kein Hamburger verpflichtet, anderen als Hamburger zu erscheinen; es gibt auch keine Garantien. Mann und Frau, der Habende und der Nichthabende, das Kind und der Alte, der Leser und der Nichtleser: alle in dieser Stadt könnten in einem einzigen Augenblick widerrufen, was du ihnen an hamburgischer Eigenart zuerkannt hast. Rechne damit. Sei auf der Hut davor.

(1968)

Meine Straße

Nein, in diese Gegend wollten wir nicht ziehen. Als wir die alte Wohnung verlassen mußten, suchten wir, nicht zuletzt wegen der Bücher, ein stilles Haus in der Vorstadt. Uns wäre jede Gegend in Hamburg recht gewesen – ausgenommen der Stadtteil, in dem wir heute wohnen. Othmarschen ließen wir bei unserer Suche links liegen. Hierher – und darüber bestand ein stillschweigendes Einverständnis –, hierher wollten wir nicht. Warum? Wir fürchteten die Zwänge – Zwänge des Verhaltens, die man der hier wohnenden Gesellschaft nachsagte. Wir hatten keine Schiffe laufen. Wir waren weder im Export- noch im Importgeschäft zu Hause. Keine Mitgliedschaft im Golfclub, keine im Reiterverein, nicht mal Anwärter auf Mitgliedschaft in einem Yachtclub. Vor allem konnten wir nicht mitreden – und das ist schon Anlaß ausdauernder Abendunterhaltungen –, wenn man gemeinsam das europäische Hotel ausfindig machte, in dem der garantiert beste Martini serviert wird. Wir beide wurden nicht auf der Überfahrt zwischen Hamburg und London geboren. Wir beide »empfangen« sogenannte Lieferanten an der allgemeinen Tür und trinken einen Schnaps mit ihnen. Und wir waren auch nicht bereit, die mannigfachen Tribute zu entrichten, die man für eine sogenannte »gute Adresse« aufbringen muß – von peinlicher Gartenpflege bis zur diskreten Demonstration eigener Kreditwürdigkeit.

Doch dann fanden wir, gegen unsere Absicht, ein altes, sympathisch verwohntes Haus, das uns zu garantieren schien, was bei den anderen besichtigten Objekten fraglich geblieben war: Stille nämlich. Stille in der Stadt. Und dies Haus lag ausgerechnet hier: in der Nachbarschaft eines sahnefarbenen, prestigefördernden Senatorenbunkers, im Schatten repräsentativer Bäume, die in städtischer Fürsorge stehen, in der weiteren Nachbarschaft von Golf-, Reiter- und Segelclubs, deren Aufnahmestatuten sich wie der delikateste Kommentar zur Chancengleichheit lesen. Doch das Argument der Stille siegte. Huschende Eichhörnchen zerstreuten letzte Bedenken. Auch wilde Kaninchen im Garten, deren Sympathie wir uns mit Teltower Rübchen erkauften. Käuze und seltene Vögel, die wir uns mit Futter gewogen machten.

Eine Viertelstunde vom Hauptbahnhof entfernt entdeckten wir gediegene Ländlichkeit, überraschendes Tierleben, tägliche und nächtliche Stille. Das gab den Ausschlag, wir wurden Bürger von Othmarschen.

Die Straße, in der ich wohne? Sie ist nicht lang, sie ist weder alleenhaft prächtig noch spektakulär verwendbar. Hier werden, das weiß ich, niemals Paraden stattfinden. Und Barrikaden werden hier nie entstehen. Ein schlichter rechter Winkel, ein steif angewinkeltes Knie, in ganzer Länge mit zwei kraftvollen Steinwürfen zu vermessen: das ist sie schon, eine Nebenstraße offensichtlich, ein abseitiger Weg. Ich meine, der Mann, der ihr seinen Namen geliehen hat, hätte eine belebtere Straße verdient, eine längere in jedem Fall. Die Tat seines Lebens bestand darin, von einem brennenden dänischen Kriegsschiff verwundete Seesoldaten zu bergen, 1849 vor Eckernförde. Bei der Explosion des Schiffes kam er ums Leben, wurde post mortem aus dem Mannschaftsstand zum Leutnant befördert; er erhielt, soviel ich weiß, den Adelstitel und später dann diese Straße. Sie ist tatsächlich viel bescheidener als die Straßen der Nachbarschaft, denen ein Waldersee, ein Jungmann, ein Reventlow den Namen gaben. Aber die waren Marschälle, hochgestellte Dreinschläger, oder sie hatten Zugang bei Hofe.

Die wenigen Häuser meiner Straße: sie wurden zum großen Teil um die Jahrhundertwende gebaut, offensichtlich vom selben Architekten. Der muß ein besonders inniges, vielleicht sogar rauschhaftes Verhältnis zur Schweiz gehabt haben. Wer genauer hinsieht, erkennt in der Dachkonstruktion und in der schmückenden Laubsägearbeit unter den Giebeln Schweizer Einflüsse. Wehende Schleifen, Stuckgirlanden, Gipskränze: an einigen Häusern sind sie noch zu finden, diese Insignien des Jugendstils; meist sind sie – auch an unserem Haus – späteren Renovierungen zum Opfer gefallen. Nein, diese Häuser in unserer Straße bezeugen nicht hanseatischen Stil, also: schmucklose Melancholie, pompöse Trübseligkeit, unbesorgte Raumverdrängung. Sie sind, proportional gesehen, zu hoch hinausgebaut – Aussichtsplattformen, von denen aus der Architekt einen Blick auf die Schweizer Berge freigeben wollte, womöglich auf Alpenglühen. Weil es sich so steif und krampfhaft reckte, nannten wir unser Haus vom ersten Tage an: *das Stelzbein*. Doch mittlerweile haben sich die Stile gemischt – einige Häuser in meiner Straße tragen schon die Merkmale eingebildeter Sachlichkeit. Das ist den Bäumen gleichgültig, den Buchen, Birken, Eichen und Ahornbäumen, die zum Teil sehr viel älter sind als die Häuser. Es gibt hier auch imposante Buschbäume in den Gärten – wir haben eine seltene Koniferenart vor dem Fenster – und fast überall das noble, feierliche Friedhofsgewächs: den Rhododendron. Kleiner Vorgarten, größerer Hintergarten: dieses Muster ist hier verpflichtend.

Und die Nachbarn? Die Bewohner dieser stillen, trägen und wohl auch selbstgenügsamen Straße? Wir kannten sie lange nicht – ausgenommen die unmittelbaren Nachbarn zur Linken und zur Rechten, beide als Juristen ergraut. Von den anderen wußten wir nichts, lange nichts. Sicher, wir sahen regelmäßig Persianermäntel vorbeigehen, beobachteten die morgendliche Abfahrt zigarrenrauchender Männer vorgerückten Alters, die von Chauffeuren weggekarrt wurden; auch die abendliche Kurzpromenade mit dem schwerfälligen Dackel, dem Pudel, dem Spaniel bekamen wir zu Gesicht – doch wer unsere Nachbarn wirklich waren, das erfuhren wir lange nicht.

Freilich, etwas erfuhren wir schon über sie. Wir lernten unter anderem ihre Empfindlichkeit kennen, ihr Verlangen nach unbedingter Höflichkeit, ihr Befremden über Arbeit, die Lärm macht. Als wir uns neben dem Haus eine Garage bauten – wobei wir in Übereinstimmung mit der Verkehrsbehörde handelten, die erklärte: je mehr Autos von der Straße verschwinden, desto besser –, als also die unschuldige Garage entstand, erfolgten prompt Nachfragen: *Baugenehmigung?* Die war vorhanden. *Vorschriften?* Allen Vorschriften war entsprochen. Was also? Eine Nachbarin hatte die Garage als anstößig empfunden; sie versperrte zwar nicht, doch beleidigte ihr Blickfeld. Und als wir es wagten, eine Art Auffahrt zur Garage zu bauen – schließlich schaffte ich es beim besten Willen nicht, mein Auto in die Garage zu tragen –, wurde wieder nachgefragt: ob wir den »geliebten Gehweg« durch eine Auffahrt unterbrechen dürften. Wir durften.

Jeden Morgen um Viertel vor neun verwandelt ein gewisses Auto meine Straße in eine Dorfstraße. Eine Klingel, wie wilhelminische Wachtmeister sie schwangen, bevor sie eine Verordnung verlasen, bimmelt zum Frühstückfassen: Milch, Brötchen, Käse, meinetwegen noch »Frühlingsquark«. Man trifft sich am Auto, man bedient sich selbst, man spricht über den letzten oder über den bevorstehenden Urlaub. Als ich zum erstenmal neben dem Auto auftauchte, musterten mich einige Frauen eindringlich, und ein Silberhaar sprach zum andern Silberhaar: *Wo ist bloß die berühmte Höflichkeit der Ostpreußen geblieben? Früher, da boten sie einem doch ellenlange Grüße an.*

Auffe Flucht verbrannt is de Heflichkeit, sagte ich und trug gelassen meine Milch ins Haus.

Schließlich erfuhren wir, was eine Nachbarin von Arbeit hält, bei der unwillkürlich Lärm entsteht. Um Bäume auszuschneiden, braucht man eine Säge, um den Rasen zu stutzen, eine Mähmaschine. In Betrieb genommen, verursachen beide ordentlichen Arbeitslärm. Was anderswo hingenommen wird – in meiner Straße darf es nicht gelten. Zuerst fragte die aufgebrachte Nachbarin den Mann mit dem Rasenmäher nach der Uhrzeit. Er sagte: *Zehn.* Dann wollte sie den Wochentag wissen. Er sagte: *Freitag.* Sie erkundigte sich streng, wie viele Stunden er noch zu arbeiten gedenke. Er sagte: *Drei vielleicht.* Daraufhin faßte die Nachbarin alle gegebenen Auskünfte zu folgender Anklage zusammen. Es sei unerhört und mitleidlos, an einem Freitag um zehn mit einer dreistündigen Arbeit zu beginnen, die in dieser Gegend nicht hingenommen werden könne. Daß es *seine* Arbeitszeit sei, interessiere sie überhaupt nicht. Hier möchte er bitte nur dann arbeiten, wenn es keinen Bewohner stört. Solche Geständnisse, Empfindlichkeiten, Reizbarkeiten – sie blieben für lange Zeit die einzige Kenntnis über meine Nachbarn.

Allerdings, bei meiner sitzenden Beschäftigung am Fenster war es unvermeidlich, zumindest die äußeren Gewohnheiten meiner Nachbarn zu erfahren. Da spielte sich Tag für Tag das gleiche Ritual ab. Zuerst, kurz vor acht, zogen die Schulkinder vorbei. Etwa eine Stunde nach ihnen: der Aufbruch in Büros und Direktionszimmer. Stille Vormittage, an denen nur Frauen mit ihrem »Marktporsche« (einer Tasche auf Rädern) zu voluminösem Einkauf zogen, von gepflegten Hunden begleitet. Selten ein junges Gesicht. Mittags dann kehrten hier und da erschöpfte Herren zu erquickendem Kurzschlaf zurück. Nicht regelmäßig, doch an vielen Nachmittagen, gehört meine Straße den Kindern. Da nur selten ein Auto durchfährt, kann man leidlich ungefährdete Radrennen veranstalten oder Rollschuh laufen. Erstaunlich spät kehrten die Herren von der zweiten Arbeitsetappe zurück, die Verantwortlichen, die Chefs, die Direktoren sind zu Überstunden gezwungen, sagte ich mir. Und erstaunlich früh erloschen in meiner Straße die Lichter in den Häusern.

Sechs Jahre mußten wir warten, um unsere Nachbarn näher kennenzulernen. Zwar, mittlerweile war es zu üblichem Grußabtausch gekommen – sparsames Kopfnicken oder leichte Verbeugung bei vorgezogener Schulter –, und ab und zu, beim Harken der Blätter oder beim Schneeschippen, begutachtete man die Wetteraussichten – mehr nicht. Aber dann ging, im gegenüberliegenden Haus, eine Familie auseinander, und zurück blieb ein wenn auch nicht ansehnlicher, so doch seltener und kostbarer Hund. Ein Basset. Allein gelassen, hatte er natürlich ein Recht zur Klage, und sein klagendes Wuff-wuff hallte Tag und Nacht durch meine Straße. Der Appell war unüberhörbar. Da, wie ein Fachmann feststellte, der Mensch besonders gut zu den Tieren ist, mit denen er lebt – und weniger zu solchen, von denen er lebt –, erfuhr der kostbare Hund prompte Hilfe. Die Häuser öffneten sich, eine Prozession setzte sich in Bewegung. Man brachte dem verlassenen Hund Wurststullen, Knochen, Hühnerschenkel, Knäckebrot; Wasser setzte man ihm hin, Trinkmilch; man streichelte ihn, sprach und spazierte mit ihm, richtete ihn seelisch auf. Der klagende Hund wurde Treffpunkt, er wurde Anlaß und Gelegenheit, die Nachbarn kennenzulernen... *Gestatten, mein Name ist... Darf ich mich mal vorstellen... Gesehen hat man sich ja schon...* Händeschütteln, Verbeugungen. Blicke aus der Nähe. Ein verlassener Hund stiftete Bekanntschaften. Wer also waren meine Nachbarn?

Der liebenswürdige, ehemalige Prokurist, der in seiner Freizeit Schiffsmodelle bastelt, der ehemalige Direktor einer Zigarettenfabrik. Ein Zahnarzt, dessen Frau uns für den Reiterverein keilen wollte. Verwitwete Direktoren- und Inspektorenfrauen. Die überaus reizende dänische Frau eines hervorragenden Müllverbrennungsspezialisten. Ein freundlicher junger Kapitän auf Großer Fahrt. Ein pensionierter General. Ein pensionierter Richter. Wir staunten, wie viele Pensionen in unserer Straße nicht nur bezogen, sondern auch verzehrt werden.

Dennoch, meine Straße ist nicht der Ort,

an dem ausschließlich warmer Pensionsfriede herrscht, wo man genüßlich von seiner Altersveranda, ohne viel zu denken, auf die Gärten hinabschweigt. Kein Sunset Boulevard des Bürgertums, wo nichts mehr verändert, ausgewechselt, erneuert werden darf.

Das wird besonders augenfällig an dem Tag, an dem sogenannter Sperrmüll auf die Straße zum Abholen rausgestellt werden darf. Da werden Couchen und Küchentische abgestoßen, sehr gut erhaltene Polstersessel, Gardinenstangen, Matratzen, solide Schlafzimmerschränke – das Zeug steht da, als hätten die Häuser es erbrochen. Und ich kann die Schatzsucher gut verstehen, die, bevor die Müllabfuhr kommt, mit einem Eiltransporter aufkreuzen, den mehr als brauchbaren Krempel durchmustern und aufladen, was sich mit Sicherheit versilbern läßt. Es ist schon bemerkenswert, was die Leute in meiner Straße abstoßen, wovon sie sich trennen.

Meine Straße: sie beschränkt sich nun allerdings nicht allein auf das Stück ausgebauten Wegs, an dem ich wohne. Zu ihr gehören unbedingt die Bogen und Haken, die ich schlage, und die Teilstücke anderer Straßen, die ich auf meinem täglichen Weg gehe – einkaufend, spazierend, Luft schnappend. Auf diesem Weg finde ich fast alles, was ich zum Leben brauche. Ich nenne ihn, ganz für mich, mein kleines Idiotendreieck; er ist zum Zwangsweg geworden, und so verlängere ich meine Straße, so setze ich sie fort: über die Jungmannstraße hinüber und dann zum Statthalterplatz. Mag sein, daß dieser Platz einmal war, was sein Name beansprucht; heute beeindruckt er vor allem als Startbahn. Hier, wo die großen Busse halten, kann man zur Hauptverkehrszeit die explosionsartige Entstehung von Bewegung beobachten – wenn nämlich ganze Busladungen zu sprinten beginnen, um den S-Bahn-Anschluß zu erreichen. Die arbeitenden Mitbürger entwickeln solche Geschwindigkeit, daß sie kaum die politischen Plakate betrachten, die unter der S-Bahn-Brücke aufgestellt sind. Übrigens sieht man hier selten ein unbeschädigtes Plakat, fast immer sind sie vielsagend versaut: Strauß mit Spitzbart, Carstens mit Monokel, Helmut Schmidt mit Schnuller. Dort die beiden Verkaufsnester, an die Unterführung geklebt: »mein« Blumenladen und »mein« Zeitungskiosk. Hier hole ich mir, was ich nicht abonniert habe – wobei jeder Einkauf das Abbild harmloser Konspiration bietet. Der

Besitzer des Kiosks und ich unterstützen dieselbe Partei, und einem sonderbaren Instinkt folgend, nähern sich unsere Gesichter vor der Luke, und hastig flüsternd, in Stichworten, tauschen wir politische Besorgnisse und Genugtuungen aus.

Zurückgezogen, in angemessener Backsteintrübnis, das Familienlokal unserer Gegend. Wenn wir Zeit haben, essen wir hier mitunter, bürgerlich, reelle Portionen – zusammen mit einem älteren Publikum, das so nachdenklich kaut, als sei ein jeder Gutachter der Behörde für die Überwachung von Speiselokalen.

Was sich dahinter auftut, ist nun der andere Teil meiner Straße, unsere Geschäfts- und Einkaufsgegend, die entstanden sein muß, als Lieferanten oder Vermögen knapper wurden: die Bauart vieler Geschäfte verrät es. Schläuche sind es zumeist, Verkaufspassagen, enge Röhren und Kästen, viele einfach den dahinterstehenden Villen vorgesetzt oder aufgepappt, wie etwas Vorläufiges, auf Widerruf Errichtetes. Wenn ich an das Repräsentationsbedürfnis anderer Einzelhändler denke, dann springt die Dürftigkeit, die Enge, das Provisorische der Geschäfte in meiner Einkaufsstraße besonders ins Auge – vor allem, wenn man von Verkäufern erfährt, wie kapitalkräftig der Kundenstamm hier ist (und wie einsichtsvoll gegenüber Preiserhöhungen).

Die Banken und Sparkassen allerdings – und davon gibt es nicht weniger als fünf in dieser kurzen Straße –, die Geldinstitute wollten auch hier nicht auf demonstrative Repräsentation verzichten. Marmor mußte her, teures Holz und viel Glas. Aber die Geschäfte... Hier, wo ich mein Brot kaufe (es wird Holzofenbrot versprochen), in diesem Schlauch muß man immer damit rechnen, daß einem vorn eine Hutfeder kitzelnd im Gesicht herumfährt, während von hinten Einkaufstaschen in die Kniekehlen schlagen. Und hier, auf dem Hinterhof, diese unscheinbare Sardinenbüchse: das ist mein Fischgeschäft. Die beiden freundlichen Brüder, die es betreiben, verstehen sehr viel vom Fischfang und von Fischrezepten, und oft reden wir über das Angeln. Die Kargheit täuscht: hier kann man, auf Bestellung, auch teuren, in jedem Fall seltenen Fisch bekommen, beispielsweise holt sich ein alter Ostpreuße hier seinen Lachs, der *fast in heimatlichen Jewässern jefischt* worden ist. Auch im Gemüsegeschäft empfiehlt sich Bewegungslosigkeit, zumindest Aufmerksamkeit, wenn man nicht Gefahr laufen will, unter herabstürzenden Dosen und Flaschen begraben zu werden, die eine unachtsame Drehung leicht von den Regalen holen könnte. Sogar die Uhren- und Juweliergeschäfte, von denen es etliche gibt, sind in meiner Straße von auffallender Mickrigkeit, provisorische Niederlassungen Merkurs, die gleichwohl ihren Mann zu ernähren scheinen.

Da der Morgen meine beste Arbeitszeit ist, gehe ich meist mittags durch meine Straße. Und noch jedesmal gab es Anlässe zur Verwunderung, zur Nachdenklichkeit, zum Stehenbleiben. Die zartgliedrigen, asiatischen Schulkinder, die, deutsche Ranzen auf dem Rücken, von der Internationalen Schule nach Hause gehen, scheinen die Heiterkeit unter erdrückender Wissenslast eingebüßt zu haben. Sinnend gehen sie vorbei, wie in schwerwiegender Kontemplation befangen. Die einheimischen Schüler, die zu dieser Stunde meine Straße zum Korso machen, kommen mir da sorgloser vor; selbstbewußt führen sie ihren Guru-, Papua- oder Afrikaner-Look vor, scherzen keineswegs aufdringlich mit ihren Mädchen, trinken Kaffee, und die Kleineren stürzen, in ganzen Pulks, in eine Bratküche, um riesige Mengen Kartoffelchips zu vertilgen.

Erstaunlich, wie groß die Geldscheine sind, mit denen kleine Pfoten bezahlen. Wollten beruflich strapazierte Eltern sich loskaufen von grauer Familienpflicht?

Die verläßliche Freundlichkeit der Gastarbeiter beeindruckt mich noch jedesmal. Sie sind allemal dabei, wenn in meiner Straße gebaut wird, wenn Leitungen verlegt oder repariert werden. Was müssen sie entbehren, wenn sie auf ein knappes Kopfnicken schon mit ausschweifender Freundlichkeit antworten? Wie muß ihnen die Straße vorkommen, in der Leute im Tennisdreß einkaufen oder, über den großen Onkel latschend, Reitkostüm und Gerte spazierenführen? Welche Gedanken erfüllen sie beim Anblick der teuren Rassehunde, die zwar keine Rolexuhren tragen, doch mitunter aufgeputzt sind, als gingen sie zu einem Hunde-Cocktail?

So kurz meine Einkaufsstraße auch ist, so wenige prachtvolle Konsumtempel sie auch aufweisen mag, so bescheiden sie auf den ersten Blick auch anmutet: sie versäumt es keineswegs, ihre Ansprüche zu stellen, hervorzuheben, daß sie etwas Besonderes sein möchte – angesichts der speziellen Kundschaft, die sich »gegenüber Preiserhöhungen einsichtsvoll« verhält. Ein zweites Fischgeschäft glaubte sich der hier lebenden Gesellschaft anpassen zu müssen und nannte sich »Fischsalon«. Doch man braucht nicht zu fürchten, daß schleimige Karpfen mit der Nagelschere geschnitten und Krabben mit der Pinzette gezählt werden. Die Inhaber schnacken auch platt. Ein kleines Geschäft, das auch biedere Handtücher und Waschlappen feilhält, nannte sich mit Rücksicht auf die soziale Höhenlage »Dream Shop«. Hier können also Gebildete ihre Laken kaufen.

Wo Einzelhändler, nur um einem eingebildeten Anspruch zu genügen, ihre Geschäfte auf solche Namen taufen, da muß es natürlich auch sogenannte Boutiquen geben. Und es gibt sie. Und sie werden von Frauen besucht, denen kühle Umsatzlöwen klarmachen, wie sie sich kleiden, gürten, schmücken sollen, wo das Bein beginnt und der Hals endet. Und natürlich darf man voraussetzen, daß es in dieser Straße früher Erdbeeren gibt als in anderen Stadtteilen und daß ein ausgesprochener Bedarf herrscht an Avocados, Granatäpfeln und Mangofrüchten – von Störfleisch und Schwalbennestern gar nicht zu reden. Trotzdem: sie bleibt eine Dorfstraße mit Snob-Appeal.

Etwa in der Mitte biege ich auf meinem täglichen Weg links ab, passiere die S-Bahn-Unterführung. Vorher jedoch – und das ist mehr als erstaunlich für diese Gegend – eine Schuhmacherwerkstatt; ich bin dann schon auf dem äußeren Bogen, der zu meiner Wohnung zurückführt. Wer in diesen melancholischen Kästen wohnt? Hier, wo sich die Mindestquadratmeterzahl des sozialen Wohnungsbaus wie ein Witz anhört? Notare sind es, Hausmakler, Ärzte, wiederum Notare – fast hat es den Anschein, als sei Hamburg ein günstiger Boden für Notare. Aber auch Schneidermeister wohnen hier. Und eine Kleintier-Klinik bietet sich an, falls der Wellensittich husten sollte.

Und doch: meine Gegend gehört nur zur verlängerten Margarineseite der Elbchaussee. Die Butterseite liegt am kostbaren Elbhang, mit freier Aussicht auf den Schiffsverkehr – wir begnügen uns mit den Geräuschen: mit den dröhnenden Rufen des Nebelhorns, mit dem erschütternden Brummton der Supertanker, bei Westwind auch mit dem Rattern der Niethämmer auf den Werften. Die Geräusche erinnern allemal an die Nähe des Stroms. Von hinten – aber wer will hier entscheiden, wo hinten und vorn ist, sagen wir also: von der anderen Seite biege ich wieder in meine Straße ein. Kinder begrüßen mich. Sie essen nie auf der Straße, so wie wir es taten. Noch nie habe ich hier den Ruf gehört: *Mami, wirf mir mal 'ne Stulle runter.* Dafür grüßen sie ungewöhnlich korrekt und in einer Sprache, der man den bemühten Wunsch anmerkt, Wohlerzogenheit auszustellen. Hier kann ein achtjähriges Mädchen glatt sagen, und zwar ohne Luft zu holen: *Guten Tag, Herr Lenz, wir hatten die Freude, Sie im Fernsehen zu erleben, bitte, grüßen Sie Ihre Frau.* Als ich einmal einem kleinen Mädchen einen unterhaltsamen Bären aufbinden wollte (ich erzählte ihr, daß Eichhörnchen deshalb so viele Nüsse sammelten, weil sie mit ihnen Wettkämpfe im Murmelspiel austragen), unterbrach die Kleine mich mit der Bemerkung: *Es hört sich ganz possierlich an, aber Sie nehmen es mir hoffentlich nicht übel, wenn ich nicht bereit bin, Ihre Märchen zu glauben.* So können Kinder in meiner Straße sprechen.

Ob sie auch eine heimliche Bevölkerung hat? So, wie alle charaktervollen Straßen von sichtbarem und unsichtbarem Volk bewohnt werden? Sie wirkt so brav, so geschichtslos, so wenig gezeichnet von Mittellosigkeit oder herausfordernder Verschwendung, daß man zu schnell annehmen möchte, hier habe sich nichts ereignet, was einen fremden Spaziergänger erschauern läßt oder automatisch seine Phantasie weckt oder ihn betroffen lauschen läßt – eben: auf die Stimmen einer heimlichen Bevölkerung.

Meine Straße: sie ist von erklärter Diesseitigkeit. Die Peitschenmasten der Laternen lassen nicht zuviel im Dunkeln. Und um nächtliche unerbetene Besuche fernzuhalten, geht ein Herr vom Hamburger Wachdienst ums Haus. Lautlos segelt er auf seinem Fahrrad durch die nächtliche Straße, nur das Metall der Taschenlampe blitzt argwöhnisch und die Brille. In jedes Haus, das er zu bewachen hat, wirft er einen weißen Kontrollzettel: *Ich war hier, nichts fiel mir auf.* Manchmal liegt ein rotes Kontrollzettelchen daneben; es stammt vom Oberwachmann und soll besagen: der Wachmann seinerseits wurde bewacht oder kontrolliert; er wurde bei Ausübung seiner Pflicht angetroffen. Dennoch wird in größeren Abständen in unserer Straße eingebrochen; aus statistischen Gründen waren wir auch schon dran. Die Beute war gering. Bei uns verschwanden Mokkalöffel, von denen wir nicht einmal wußten, daß wir sie besaßen. Äpfel und Birnen, die Lieblingsbeute meiner Jugend – hier klaut sie niemand mehr. Meine Nachbarn können sorglos schlafen, falls sie schlafen können.

Viele Jahre wohnen wir jetzt hier, und in dieser Zeit haben wir uns aneinander gewöhnt, meine Straße und ich. Ja, es ist sogar mehr als Gewohnheit entstanden, das Gefühl nämlich, zu Hause zu sein. Gelegentlich, wenn Freunde aus der Stadt kommen und von den Vorzügen der City schwärmen, von dem regsamen, geräuschvollen Leben dort, von sozialen Erfahrungsfreuden und sogenannter Weltnähe, dann beginne ich unwillkürlich meine Straße zu verteidigen: die Stille, die Distanz, die geharkte Abseitigkeit hier, die vielleicht das schnelle Gespräch nicht begünstigen, ganz gewiß aber die Arbeit am Schreibtisch. Und nach allen Regeln der Kunst versuche ich zu verdrängen, daß dies die einzige Gegend war, in die wir, auf der Suche nach einer neuen Wohnung, nicht ziehen wollten.

(1981)

Siegfried Lenz

Romane

Es waren Habichte in der Luft

Deutschstunde

Das Vorbild

Die frühen Romane

Heimatmuseum

Der Verlust

Exerzierplatz

Die Klangprobe

Erzählungen

So zärtlich war Suleyken

Das Feuerschiff

Lehmanns Erzählungen oder So schön war mein Markt

Der Spielverderber

Leute von Hamburg – Meine Straße

Gesammelte Erzählungen

Der Geist der Mirabelle

Einstein überquert die Elbe bei Hamburg

Ein Kriegsende

Das serbische Mädchen

Szenische Werke

Das Gesicht · Komödie

Drei Stücke: Zeit der Schuldlosen · Das Gesicht · Die Augenbinde

Haussuchung · Hörspiele

Essays

Beziehungen

Elfenbeinturm und Barrikade

Über das Gedächtnis

Gespräche

Alfred Mensak (Hrsg.): Siegfried Lenz · Gespräche mit Manès Sperber und Leszek Kolakowski

Alfred Mensak (Hrsg.): Über Phantasie Siegfried Lenz · Gespräche mit Heinrich Böll, Günter Grass, Walter Kempowski, Pavel Kohout

Siegfried Lenz im dtv

Der Mann im Strom
dtv 102 / dtv großdruck 2500

Brot und Spiele
dtv 233

Jäger des Spotts
dtv 276

Stadtgespräch · dtv 303

Das Feuerschiff
dtv 336

Es waren Habichte
in der Luft · dtv 542

Der Spielverderber
dtv 600

Haussuchung
Hörspiele · dtv 664

Beziehungen
dtv 800

Deutschstunde
dtv 944

Einstein überquert die
Elbe bei Hamburg
dtv 1381 / dtv großdruck 2576

Das Vorbild
dtv 1423

Der Geist der Mirabelle
Geschichten aus Bollerup
dtv 1445 / dtv großdruck 2571

Heimatmuseum
dtv 1704

Der Verlust
dtv 10364

Die Erzählungen
1949 – 1984
3 Bände in Kassette / dtv 10527

Über Phantasie
Gespräche
mit Heinrich Böll,
Günter Grass,
Walter Kempowski,
Pavel Kohout
Hrsg. v. Alfred Mensak
dtv 10529

Elfenbeinturm und
Barrikade
Erfahrungen am
Schreibtisch
dtv 10540

Zeit der Schuldlosen
und andere Stücke
dtv 10861

Exerzierplatz
dtv 10994

Ein Kriegsende
Erzählung
dtv 11175

Das serbische Mädchen
Erzählungen
dtv 11290

Heinrich Böll im dtv

Foto: Isolde Ohlbaum

Irisches Tagebuch · dtv 1

Zum Tee bei Dr. Borsig
Hörspiele · dtv 200

Als der Krieg ausbrach · dtv 339

Nicht nur zur Weihnachtszeit
dtv 350 · dtv großdruck 2575

Ansichten eines Clowns · dtv 400

Wanderer, kommst du nach Spa ...
dtv 437

Ende einer Dienstfahrt · dtv 566

Der Zug war pünktlich · dtv 818

Wo warst du, Adam? · dtv 856

Gruppenbild mit Dame · dtv 959

Billard um halbzehn · dtv 991

Die verlorene Ehre der Katharina Blum · dtv 1150/großdruck 25001

Das Brot der frühen Jahre
dtv 1374

Hausfriedensbruch. Hörspiel
Aussatz. Schauspiel
dtv 1439

Und sagte kein einziges Wort
dtv 1518

Ein Tag wie sonst
Hörspiele · dtv 1536

Haus ohne Hüter · dtv 1631

Du fährst zu oft nach Heidelberg
dtv 1725

Das Heinrich Böll Lesebuch
dtv 10031

Was soll aus dem Jungen bloß werden?
Oder: Irgendwas mit Büchern
dtv 10169

Das Vermächtnis · dtv 10326

Die Verwundung · dtv 10472

Heinrich Böll/Heinrich Vormweg:
Weil die Stadt so fremd geworden ist... dtv 10754

Niemands Land
Kindheitserinnerungen
an die Jahre 1945 bis 1949
Herausgegeben von Heinrich Böll
dtv 10787

Frauen vor Flußlandschaft · dtv 11196

Eine deutsche Erinnerung
Interview mit René Wintzen
dtv 11385

Rom auf den ersten Blick
Landschaften. Städte. Reisen
dtv 11393

Heinrich Böll zum Wiederlesen
dtv großdruck 25023

In eigener und anderer Sache
Schriften und Reden 1952 – 1985
9 Bände in Kassette · dtv 5962
(Einzelbände dtv 10601 – 10609)

In Sachen Böll –
Ansichten und Einsichten
Hrsg. v. Marcel Reich-Ranicki
dtv 730

Irmgard Keun im dtv

Foto: Isolde Ohlbaum

Das kunstseidene Mädchen

Doris will weg aus der Provinz, die große Welt erobern. In Berlin stürzt sie sich in das Leben der Tanzhallen, Bars und Literatencafes – und bleibt doch allein. dtv 11033

Das Mädchen, mit dem die Kinder nicht verkehren durften

Von den Streichen und Abenteuern eines Mädchen, das nicht bereit ist, die Welt einfach so zu akzeptieren, wie sie angeblich ist. dtv 11034

Gilgi – eine von uns

Gilgi ist einundzwanzig und hat einiges satt: die Bevormundung durch ihre (Pflege-)Eltern, die »sich ehrbar bis zur silbernen Hochzeit durchgelangweilt« haben, die »barock-merkantile« Zudringlichkeit ihres Chefs und den Büroalltag sowieso. Da trifft es sich gut, daß sie sich in Martin verliebt. Doch als sie bei ihm eingezogen ist, kommen Gilgi Zweifel ... dtv 11050

Nach Mitternacht

Deutschland in den dreißiger Jahren. Ein Konkurrent hat Susannes Freund Franz denunziert. Als er aus der »Schutzhaft« entlassen wird, rächt er sich bitter, und Susanne muß sich entscheiden ... dtv 11118

Kind aller Länder

Die zehnjährige Kully und ihre Eltern verlassen Deutschland, weil der Vater als Schriftsteller bei den Nazis unerwünscht ist. Es beginnt eine Odyssee durch Europa und Amerika ... dtv 11156

D-Zug dritter Klasse

In der Zeit des Nationalsozialismus treffen in einem Zug von Berlin nach Paris zufällig sieben Menschen aus unterschiedlichsten Gesellschaftsschichten und mit unterschiedlichsten Reisemotiven zusammen ... dtv 11176

Ferdinand, der Mann mit dem freundlichen Herzen

Ferdinand ist ein Mann unserer Tage, eine provisorische Existenz, wie wir es ja mehr oder weniger alle sind. Es geht ihm nicht gut, aber es gelingt ihm, meistens heiter zu sein, das Beste aus seinem Leben zu machen. dtv 11220

Ich lebe in einem wilden Wirbel
Briefe an Arnold Strauss
1933 bis 1947
dtv 11229

Hans Werner Richter im dtv

Foto: Isolde Ohlbaum

Geschichten aus Bansin

Bansin, der Geburtsort des Autors, ist Schauplatz dieser »Geschichten von zu Hause« über einfache Leute, Tagelöhner, Fischer, Bauarbeiter, kleine Bauern, die sich recht und schlecht durchs Leben schlagen und die an der großen Politik nur am Rande teilnehmen. dtv 10214

Ein Julitag

Eine Begegnung am Grab seines Bruders führt Christian zurück in die Zeit vor dem Krieg. Die Frau seines Bruders ist damals seine Geliebte gewesen. Sie gingen nach Berlin, im Glauben an eine bessere, sozialistische Zukunft. Statt dessen kamen die Nazis ... dtv 10285

Die Geschlagenen

Dieser stark autobiographisch gefärbte Roman schildert den Weg eines deutschen Soldaten von der Schlacht am Monte Cassino in die Kriegsgefangenschaft der Amerikaner. dtv 10398

Spuren im Sand

Erinnerungen an eine Kindheit und Jugend in Pommern, die erste Liebe, diverse berufliche Fehlschläge. Die alles überragende Gestalt in diesem Entwicklungsroman ist die verständnisvoll und gelassen handelnde Mutter. dtv 10627

Im Etablissement der Schmetterlinge

Hans Werner Richter porträtiert liebevoll einige Literaten und Kritiker aus »seiner« Gruppe 47 und liefert tiefe Einblicke ins Menschlich-Allzumenschliche und hinter die Kulissen der Szene. Jahrzehntelang hat er mit der Gruppe 47 das literarische Leben der Republik geprägt. dtv 10976

Sie fielen aus Gottes Hand

Spannend wie eine Folge großer Abenteuer- und Liebesgeschichten, erzählt dieser Roman die Schicksale von Menschen, die 1945 zum Strandgut des Krieges geworden sind. dtv 10977

Erich Loest im dtv

Foto: Isolde Ohlbaum

Es geht seinen Gang oder Mühen in unserer Ebene

Ein Mann verweigert sich dem Leistungsdruck seiner Gesellschaft und seiner Familie. Ein DDR-Roman von souveränem Format, für das ZDF verfilmt. dtv 10430

Völkerschlachtdenkmal

Carl Friedrich Fürchtegott Vojciech Felix Alfred Linden wird vom DDR-Staatssicherheitsdienst verhaftet, weil er versucht hat, das Völkerschlachtdenkmal zu sprengen. Sein anschließender Aufenthalt in einer psychiatrischen Klinik gibt ihm auf groteske Weise Gelegenheit, den Ärzten Glanz und Elend der Leipziger Geschichte darzulegen. dtv 10756

Schattenboxen

Gert Kohler wird nach zweieinhalb Jahren aus dem Gefängnis entlassen. Doch die Freiheit sieht längst nicht so rosig aus, wie er sie sich in seiner Zelle erträumt hatte. Vor allem gibt es da den kleinen Jörg, das Kind seiner Frau, das während der Haftzeit geboren wurde und dessen Vater ein anderer ist. dtv 10853

Zwiebelmuster

Hans-Georg Haas und seine Frau Kläre, beide in der SED, haben ihre Kinder sozialistisch erzogen und sind »gesellschaftlich aktiv«. Deshalb ist es ihr gutes Recht, so glauben sie, sich um »das größte Privileg, das die DDR zu vergeben hat«, zu bemühen: eine Reise in den Westen. Doch wider Erwarten gibt es Probleme ... dtv 10919

Froschkonzert

In einer kleinen Provinzstadt hat es eine junge Lehrerin nicht leicht. Da kann schon ein von einem Schüler verschluckter Frosch zum Verhängnis werden. Eine erfrischende Satire auf bundesdeutsche Krähwinkelei. dtv 11241

Durch die Erde ein Riß

Wer wissen will, wie die DDR wirklich war, der lese diese Autobiographie eines deutschen Schriftstellers, der alles ganz hautnah miterlebt hat. dtv 11318